Bajo la Niebla de EL GUAYACAL

PARTE I

MIGUEL ESTEBAN GONZÁLEZ

Bajo la Niebla de EL GUAYACAL

PARTE I

Miguel Esteban González
ISBN 978-9962-05-896-0

Primera Edición,   Julio 2015
Segunda Edición,   Septiembre 2015
Tercera Edición,   Julio 2016
Cuarta Edición,   Julio 2017
Quinta Edición,   Agosto 2018

Editor literario: Ariel Barría Alvarado
Corrección de estilo: Martha Brumas de González
Diseño de Portada y diagramación: Randolpth Ascaris Sánchez
Ilustraciones: Fernando "Peña" Morán
Fotografía: Alcides Moreno

Edición Amazon

Dedicado a:
Mi esposa Martita y a mis hijos Miguel Antonio,
Andrea Michelle, Nicole, Abdielito y Juan David.

Para poder escribir sobre miedo, primero tienes que haberlo sentido…

Miguel Esteban

Introducción

Hermanos:

Las fuerzas malignas pueden muchas veces confundirnos y hacernos perder la razón con tal de cumplir nuestros deseos más perversos.

En cada extremo del mundo existe un lugar como El Guayacal, donde la codicia, la envidia y la ambición de poder sobre otros nos consume como un cáncer que penetra a través de nuestras vidas, tratando de hacernos creer que pueden cambiar el futuro de cada destino.

Si dejamos que Dios forme parte de nosotros, entregándonos por completo a Él, sea la religión que profesemos, no habrá entidad maligna que pueda traspasar ese escudo que siempre será nuestra mayor fortaleza... la fe.

Padre Peregrino Collado

1

UN ESCALOFRIANTE ENCUENTRO

Aquí estoy… completamente solo en este viejo cuarto, fumando otro cigarrillo barato en el lado más antiguo y abandonado de la isla Arreiras, donde las agitadas aguas del Pacífico nos separan de aquel misterioso pueblo de El Guayacal.

Como siempre, observo cada noche los rústicos y deteriorados balcones vecinos, desde mi ruidosa y tambaleante cama, a través de los cristales fisurados de la ventana. Veo cómo ondean sus ropas colgadas en los tendederos improvisados de alambre dulce, proyectando en mi pared a medio repellar, sombras y siluetas fantasmagóricas que luchan por colarse en mi habitación.

A un lado de la cama está la vieja lámpara de luz tenue y parpadeante sobre mi pequeña mesa de noche que por años ha servido de hostal a las voraces termitas, engullendo las húmedas hojas de papel de estas viejas cartas, aún sin abrir, que guardo en sus cajones.

Sobre mí, está aquel techo corroído por el tiempo que en la oscuridad de la noche se ve infinito. El piso helado, cubierto de baldosas baratas y rudimentarias, convierte esta pequeña morada en un lugar tenebroso. Mi mente a diario, crea un mundo de imágenes fantásticas a causa del miedo eterno a estar solo en este lugar. Sí… miedo, y quizás tuve la culpa. Desde muy pequeño tenía la fascinación por los cuentos macabros, especialmente de ese extraño lugar llamado El Guayacal, que se encuentra al sur de esta isla. Se contaba que por siglos, una espesa niebla cubría día y noche todo su territorio, por la maldición de una temible hechicera.

El caudaloso río Cabral, que cruzaba por toda la extensión del mencionado poblado, también tenía sus escalofriantes historias. Los humildes pueblerinos poseían pequeñas cabañas de madera, en cuyos techos sobresalían rústicas chimeneas. Los inviernos, entre los meses de agosto y octubre eran tan fríos que a muchos se les entumecían los dedos de las manos. Un oscuro y fúnebre pantano llamado Changüira, que colindaba con el misterioso pueblo de El Guayacal, aún mantiene escalofriantes relatos entre sus húmedos rincones.

Y ni hablar del taciturno camino que bordea las empinadas colinas del Cerro Abadón. Todos los senderos de cada uno de estos lugares conducen al pueblo que veo cada día a través de mi ventanal. Aún hoy, se me ponen los pelos de punta de solo recordar alguna de estas leyendas que me contaba mi difunta abuela Ágatha, quien vivió allí toda su vida. Pero hubo alguien más que me marcó para siempre, haciéndome descubrir las verdaderas historias de El Guayacal. Conocerla, fue el génesis de todo el calvario en que se convirtió mi existencia, temores, complejos, vicios... y soledad. Cada pasaje de mi vida ha sido un viaje tormentoso lleno de confusiones y dudas.

Pensarán, al igual que muchos, que soy un desequilibrado mental cuyo encierro en este cuarto le ha pulverizado la cordura y el razonamiento. Todos se equivocan, nunca he sido un loco. Lo que siempre he dicho sobre El Guayacal es real y no una fantasía irreverente creada por mi mente sumida en estas cuatro paredes. A mis cuarenta y cinco años, aún recuerdo cada punto y cada coma de estos relatos. Puedo sentir el pestilente aliento de aquella solitaria y misteriosa anciana que me los contó. ¿Me creerían ustedes si les digo que vi cada historia con mis propios ojos a través de un gato?

Anciana… así la llamaba cuando aún desconocía su nombre.

La conocí una tarde, cuando apenas tenía doce años. Estaba junto a mi primo Peter, cuyo nombre verdadero era Pedro Javier, pero prefería que le llamáramos así por su fascinación hacia el personaje de Peter Pan; y Anayka, quien era la más madura de los tres y siempre cuidaba de nosotros como si fuera una mujer adulta, a pesar de sus catorce años. Pasábamos todo el tiempo discutiendo por tonterías, muchas veces por culpa de Peter, quien a sus once años se comportaba como si tuviera cinco.

Recuerdo que nos bañábamos en una pequeña quebrada, afluente del río Cabral, que cruzaba toda la zona junto al pueblo. En cierta ocasión, mientras los tres nos lanzábamos de una gran roca que sobresalía de sus aguas, me detuve un momento porque sentí que algo nos observaba. Con el agua cubriéndome hasta el cuello, volteé la mirada lentamente y, en efecto, alguien estaba detrás de los árboles. Alerté a mis primos de que algo nos acechaba. Logramos ver a una mujer, un tanto mayor, que trataba de ocultarse. Al notar que habíamos descubierto su presencia, echó a correr, lenta y torpe. Salimos a toda prisa de la quebrada, espantados, y calzamos nuestras zapatillas. Corrimos en dirección contraria a la mujer. Dominados por el pánico, creyendo seguir un atajo, nos adentramos en el corazón del bosque, donde muy pronto nos perdimos, quedando desorientados por completo. Mirábamos de un lado a otro, y como todo el paisaje lucía igual, nos era imposible encontrar la ruta de salida. Gritábamos hasta quedar sin aliento con tal de ser escuchados por alguien, pero solo el zumbido de los mosquitos que se introducían en mis oídos rompía el silencio que envolvía aquel sobrecogedor sitio. De pronto, algo más interrumpió la mudez del momento.

—¿Quieren encontrar la salida?

Aquella resquebrajada voz provenía de las profundidades del bosque, entre la espesura y la oscuridad. Nos petrificamos, mientras buscábamos de dónde provenía la pregunta. Solo unos cuantos halos de luz, que se colaban entre los angostos espacios que cedían las copas de los árboles, iluminaron la figura de quien fuera la culpable que Peter orinara del susto su pantaloncillo. Era la misma mujer que se ocultaba mientras jugábamos en el río. Podía reconocer su largo traje negro que llegaba hasta el suelo. Su rostro lo cubría un chal negro de encaje. Aquella presencia misteriosa nos inspiraba desconfianza, sobre todo a Anayka, quien siempre se mostraba aprensiva ante los extraños y desconfiaba hasta de su propia sombra.

Podía escuchar los acelerados latidos del corazón de mi temeroso primo Peter al estar frente a la desgarbada mujer. La anciana se mantenía cabizbaja. Su débil cuerpo se sostenía con la rama deforme de algún viejo árbol que usaba como bastón. Movía sus arrugadas manos como queriendo guiarnos hasta la salida del bosque. Los tres nos miramos unos a los otros y, a pesar de intuir el peligro que nos acechaba, no tuvimos otra opción que seguirla. Y así fue. Más adelante estaba el camino que nos llevaría de vuelta a la casa de nuestra abuela Ágatha. Dejando atrás, a lo lejos, la silueta de tan extraña mujer.

No pude dormir en toda la noche, pensando lo ocurrido esa tarde. Demasiado aventurero para mí, pero a la vez… macabro. Ese fue el último día que mis primos y yo le pedimos a la abuela que nos contara sus conocidas historias de terror que le relataba su madre cuando era pequeña. Siempre lo hacía cuando regresábamos de nuestras andadas.

Pero de igual forma, mi afán de volver a la quebrada era delirante. Ya no con la emoción de divertirme dándome chapuzones desde la gran roca; más bien, me intrigaba saber qué misterio escondía la anciana.

Aún restaba algo. Tenía que convencer a mis primos de regresar a buscarla. Al igual que yo, pensé, no había manera alguna de quitarles de la mente aquella terrible experiencia. Si no aceptaban mi idea de volver, no había otra elección que… ir completamente solo.

Amanecía en El Guayacal. Esa mañana el resplandeciente sol de verano bañaba con sus rayos dorados los hermosos prados y llanuras del pequeño pueblo.

Mientras, en la acogedora vivienda estábamos los tres en la mesa junto a la abuela disfrutando las deliciosas tortillas de maíz y el chocolate caliente que nos preparara en el desayuno. Al ver las caras de Anayka y Peter constaté mi corazonada, ninguno de los dos tenía la intención de acompañarme.

Me levanté de la mesa para llevar mi plato a la

cocina mientras a mis espaldas escuchaba el acostumbrado discurso que la abuela nos decía cada mañana antes de partir. Nos hablaba de los riesgos que podíamos correr en el bosque y lo peligroso del río Cabral y sus afluentes. Siempre finalizaba su sermón con una frase que me ponía los pelos de punta cada vez que entraba como eco en mis oídos:

—¡Traten de venir antes de que anochezca, El Guayacal no es el mismo… al caer el sol!

Nunca pude sacar esa advertencia de mi mente. Estoy completamente seguro de que aquellas palabras fueron las que despertaron en mí la curiosidad hacia ese extraño pueblo. Algo me atraía a él, era un magnetismo inusual lo que sentía por El Guayacal.

Salí hacia mi reencuentro con la mujer que causó mi desvelo.

Llevaba casi medio camino recorrido cuando escuché unos gritos detrás de mí.

—¡Alan, espera, vamos contigo!

Eran Peter y Anayka, quienes decidieron a última hora emprender conmigo la travesía hacia aquel lugar.

Ya llevábamos casi una hora de peregrinaje cuando

una ráfaga de humo que salía de la chimenea de una pequeña cabaña llamó nuestra atención. Nos fuimos acercando a ella tratando de no hacer ni el más mínimo ruido. La solitaria y lúgubre morada estaba oculta entre intimidantes y colosales árboles, cuyas ramas parecían brazos que salían de sus troncos, como soldados en guardia tratando de impedir nuestra entrada.

Llegamos a la cabaña. Intentábamos caminar casi sin tocar el suelo, evitando a toda costa el crujir de los podridos escalones de madera del mugroso portal. Una vieja puerta desnivelada, con la tela metálica rota y tiznada, nos daba la bienvenida. No tenía cerradura. Con el viento, se abría y cerraba golpeando incesantemente el marco que le servía de soporte. Entramos muy despacio, uno atrás del otro. Nunca terminé de entender mi deseo por estar allí, de seguir torturándome a pesar del miedo que sentía. Al fondo, en el interior de la cabaña, estaba ella… abstraída, sentada en su endeble mecedora, cuyo vaivén hacía chirriar las tablas del viejo piso. Nunca olvidé ese crepitante ruido que nos atemorizaba a los tres. La recuerdo claramente, sentada frente al ventanal, mirando las hojas que se adherían al cristal sucio y mohoso, como si nada ni nadie pudiera interrumpir su quietud. Llamó mi atención el temblor de sus arrugadas manos sobre el brazo de la mecedora. Sus dedos se movían como si manipularan el teclado de una máquina de escribir... así lo percibía mi mente.

A Peter se le escapó un estornudo, provocado tal vez por la polvorienta cabaña.

—Maldita alergia de Peter... —pensé.

La anciana detuvo abruptamente la mecedora con sus mugrientos pies desnudos y dejó de mover los dedos. ¡Diablos, terminó de escribir en el teclado!, habló mi mente con algo de humor para calmar mi tensión. Ese instante fue como si el tiempo se hubiera detenido en segundos... al igual que mi corazón.

—Sabía que regresarían a buscarme.

Ella habló. Enmudecimos ante su temblorosa voz algo dulce pero a la vez siniestra. Pueden sonar sin sentido ambos calificativos, pero en ese momento mi mente divagaba.

—¿Por qué no se acercan y se sientan frente a mí? —preguntó.

Mi cuerpo estaba congelado, y eso me impedía mover las piernas. Sentí unos sutiles empujones sobre mi espina dorsal. Por un momento pensé que era Anayka pero no, era Peter quien intentaba que yo fuera el primero en cruzar frente a la anciana. Cada uno se sentó muy lentamente sobre el suelo, ya que los únicos objetos que poseía dentro de esas cuatro paredes de madera rústica, eran su vieja mecedora, una lámpara de kerosene sobre una pequeña mesa y un ruinoso baúl al pie de la ventana, por lo que supuse que jamás la visitaban y que vivía completamente sola. Una extraña sensación de abandono y oscuro pasado envolvía la existencia de la mujer. Pero simplemente era una mera intuición de mi parte.

—¿Qué estupideces estoy pensando? —me dije.

Era imposible disimular mi interés de verle el rostro. El velo negro que la cubría dejaba muy poco a la vista. Había un bulto en su regazo que se movía muy suavemente. Era un gato negro, intimidante, cuya mirada parecía clavarse sobre nosotros.

La anciana notó mi inquietud.

—¿Te gustan los gatos… Alan? —preguntó, con cierta ironía.

Le escuché pronunciar mi nombre, pero temí preguntarle cómo lo sabía.

—La verdad no… no mucho —contesté tartamudeando.

Peter no podía ocultar el miedo que lo estrangulaba. Mientras, Anayka guardaba silencio y su mente buscaba la manera de salir de allí. Tratábamos de hablarnos con las miradas.

La anciana seguía acariciando su sombrío felino.

El silencio me aturdía de forma tal que decidí levantarme apresuradamente. Más bien fue un movimiento involuntario.

—Disculpe esta intromisión en su morada señora, la verdad no sabemos por qué estamos aquí… creo que es hora de irnos. Vamos, muchachos, nuestra abuela Ágatha debe estar preocupada.

Solo di un paso para retirarme cuando sentí su verrugosa mano tomar mi brazo fuertemente. Estaba fría como el hielo. Entré en pánico. El miedo se apoderó de mí, cual hormigas que avanzaban sobre mi cuerpo. Volteó su oculto rostro y pude verla tal cual era.

—Te congela, ¿verdad?

—Sí, señora —contesté casi sin aliento.

—Así es el frío de la muerte, Alan —manifestó con su tono macabro, mientras seguía estrujando mi brazo con su mano de hielo.

—¡Sé a qué viniste, Alan Sambrano, El Guayacal te intriga! Mueres por saber qué misterios esconde este lugar, ¿verdad? Entonces, ¿por qué huyes de mí?

Me quedé pasmado, sin habla. Peter y Anayka también se inmovilizaron al ver la reacción exaltada de la anciana que no dejaba de sujetar mi brazo.

—Está bien señora, nos quedamos un rato más si desea...

Me soltó súbitamente y volví a sentarme. Ahora me sentía intrigado con mayor razón, por todo lo que sabía de mí.

—La verdad, nadie me ha visitado en años. A veces creo que en este pueblo me han olvidado por completo. Quizás hasta pensarán que ya no existo. ¡Para lo que me importa!

Sabía que Peter y Anayka tenían ganas de ahorcarme por haber tomado la descabellada decisión de quedarnos. Lo notaba en sus miradas.

—Si tus primos se quieren retirar, lo pueden hacer. Sé lo que están pensando dentro de sus cabecitas:

¡Que soy una pobre vieja loca! ¿No es cierto, Anayka y Peter?

Al escuchar sus nombres, ambos quedaron boquiabiertos, y dieron unos pasos hacia atrás.

—En realidad, no quiero estar aquí. Fue una tontería haberte seguido Alan. Vamos, Peter, regresemos a casa —expresó Anayka, asustada y halando a Peter por el brazo.

Ambos no dudaron en retirarse de la cabaña y desaparecieron en un pestañeo. Únicamente logré ver cómo se cerraba la vieja puerta de la entrada.

Mientras, yo quedé ahí... abandonado en tan siniestro lugar junto a ese repugnante ser. Pude haberme ido, pero algo en mi interior me obligaba a quedarme. Sin importar el terror que me invadía, tenía que aprovechar esa oportunidad de escucharla y conocer más sobre los secretos que escondía El Guayacal.

Ahora, frente a esa mujer, me hallaba com-ple-ta-men-te solo. Sin palabra alguna. Lo que tenía que decir lo expresaba con mi mente, mientras ella seguía pasando sus manos sobre el atemorizante gato y mis ojos giraban de un lado a otro tratando de esquivar su mirada.

—¿Qué pasa Alan? ¿Me tienes miedo? —susurró.

—No… quizás sí… Algo, creo —mis rodillas temblaban.

—No tengas miedo de mí… ¡Témele a este pueblo! —exclamó, para luego volver al susurro—. Tu abuela Ágatha te ha contado todo sobre El Guayacal, ¿no es cierto?

—La verdad, no… Solo me ha dicho que después de que se oculta el sol… este lugar no es el mismo.

—Y no se equivoca, pero nadie sabe, como yo, qué fue lo que ocurrió aquí, hace muchos años.

Señaló con su dedo hacia la pared que estaba detrás de mí.

—Esa cruz que ves allí, pertenecía a la tumba de una mujer… Hipólita.

—¿Hipólita?... ¿Y qué hizo ella?

—Ya lo sabrás muchacho… ya lo sabrás.

En ese momento pensé que todas mis interrogantes sobre este pueblo iban a ser reveladas. Era mi oportunidad.

El viejo baúl al pie de la ventana despertó mi atención. Ella advirtió mi curiosidad.

—Quieres saber lo que hay dentro del baúl, ¿verdad Alan? ¿O quieres ver lo que ocurrió hace mucho tiempo en El Guayacal?

—Sí, señora, quiero verlo, ¿pero cómo podré?

—Mira a través de los ojos de mi fiel gato… no te despegues de ellos… entra… entra en ellos profundamente…

Cuando decía eso yo estaba ya dentro de las pupilas del felino, que ardían como fuego, mordaces… anestesiando mi mente.

—¿Qué sientes, Alan? —escuchaba su voz a lo lejos.

—Viajo —respondí—, voy viajando a través del tiempo… en un limbo… veo mucha maldad… odio… y muerte, señora —hablaba con pesadez, seducido por el hechizante contacto visual con el animal.

—Así quiero que estés, Alan Sambrano —seguía susurrando muy cerca de mi oído—. Así fue como se me revelaron todos los secretos y misterios que envuelven este lugar. Déjate llevar, Alan —repetía una y otra vez, incansable.

—Ven, Alan Sambrano... y conoce a través de sus ojos muchos de los secretos que se esconden bajo la niebla de El Guayacal.

Frente a mis pupilas pasaban imágenes de un lugar muy gris, envuelto en oscuridad y tinieblas. Y mientras me mantenía cautivado, contemplando mi más grande anhelo, en mis oídos se filtraba cada palabra que decía la intrigante mujer.

—Hace unos quinientos años —relataba ella— esta región se hallaba en manos de una milenaria tribu, los guay-yakis. Eran guerreros fuertes, corpulentos, que lucharon contra brujos y hechiceros que ansiaban dominar sus tierras y también poseer sus almas para convertirlos en fieles servidores de Lucifer.

En las noches de luna llena, todo el pueblo se concentraba en sus aldeas para protegerse de la llegada de unas criaturas malignas que sobrevolaban los cielos y bajaban como remolinos atravesando ventanas y puertas para llevarse con ellos las almas puras de los jóvenes, las que serían entregadas como ofrendas a Satanás, para que le sirvieran, como leales vasallos, en un gran ejército de soldados del mal, llamados "maleus", o combatientes del infierno en la lengua guay-yaki.

Después de años de encierro y terror, los osados guerreros del pueblo decidieron acabar de una vez por todas con los esbirros de la oscuridad. Las armaduras que cubrían sus cuerpos y las espadas que resplandecían como antorchas de fuego, eran parte de las armas que habían sido tomadas por los guay-yakis a conquistadores españoles vencidos en el campo de batalla, de quienes aprendieron, además, algunas tácticas de lucha y, sobre todo, a domar los corceles que al principio les infundían terror.

La legión de soldados, ansiosos por dar muerte a los viles hechiceros, marchaba en una fila interminable. Los dirigía Changüira Verceo, líder y guerrero de múltiples batallas épicas, jinete sobre un gran corcel negro.

Por siglos, se habló mucho acerca del linaje de Verceo. Se contaba que su madre se enamoró de un soldado español y que, producto de ese amor, nació el gran combatiente. En su cuello pendía una cruz de plata, obsequio de un fraile cuando él era muy pequeño.

Aquella cruz fue la causa de que la tribu se dividiera

entre los que aceptaban al Dios de la cristiandad y los que se resistían a cambiar las creencias antiguas de sus dioses. En todo caso, ese amuleto poseía un poder mágico que lo resguardaba de las fuerzas del mal...

—¿Poder mágico? —interrumpí.

—Sí, Alan, un extraño poder que solo aquel fraile español conocía. El misterioso secreto de la cruz de plata fue revelado a Verceo por el monje poco antes de su muerte. La tribu de los guay-yakis conoció la historia del crucifijo, y sabían lo que representaba para su caudillo.

Los hechiceros también conocían la existencia del prodigioso amuleto. Trataban de poseerlo para un único fin: destruirlo. Pero mientras estuviera en manos de Verceo, les era imposible alcanzar ese objetivo. Su poder solo tenía efecto en quienes llevaran en sus venas la sangre del gran guerrero.

Al llegar al bosque que servía de refugio a los demoníacos lacayos, el cielo se tornó oscuro y el viento enfurecido agitó los árboles hasta arrancarlos de sus cimientos.

El ejército de los guay-yakis no dio marcha atrás.

Su coraje y su valor eran tales que no temían enfrentarse al control diabólico de los hechiceros, quienes utilizaban todo su maligno poder para enfrentar a los invencibles combatientes. Invocaban a sus más serviles entes que provenían del infierno y que volaban entre los guay-yakis, traspasando sus cuerpos transformándolos en extrañas y abominables criaturas.

Como muertos vivientes, brotando de las profundidades de la tierra, aparecían los maleus, gigantes y temibles bestias con grandes cuernos, que combatían a favor del ejército de Satán.

La tropa de los hechiceros era más poderosa que los hombres de Changüira Verceo. Su lucha fue en vano. El caudillo veía cómo sus fieles guerreros caían ante el sobrenatural poderío de su rival, obligándolos a rebelarse contra él. No existía armadura capaz de protegerlo del arma más letal de los discípulos del mal… ¡la magia negra!

A pesar de que Changüira, con su gran espada, lograba atravesar los cuerpos de los hechiceros, era imposible provocarles la muerte. Su inmortalidad los hacía invencibles.

Poco a poco se fueron desplomando los guay-yakis

sobre el suelo cubierto de sangre. En segundos, nuevamente cobraban vida, tomando ahora el aspecto infernal de los maleus. Una extraña fuerza los controlaba y los hacía volverse contra su líder, Changüira, quien poco a poco se quedaba sin los valerosos militantes que secundaban su lucha.

Cubiertos con mantos negros que tocaban el suelo y que ocultaban sus oscuras identidades, los hechiceros contemplaban su triunfo sobre los guay-yakis.

Pero aún Changüira no se daba por derrotado. Su última esperanza estaba en la fuerza más poderosa… la de Dios. Tendido en el campo de batalla, logró levantar su centelleante espada hacia el firmamento.

—¡Oh gran rey del cielo! Mis hombres han entregado sus vidas para liberar a este pueblo de las manos de los servidores de Satanás. No dejes que su maldad reine en estas tierras. ¡Envíame a tus soldados celestiales como muestra de tu piedad y gran poder!

En ese instante, una enorme grieta se abrió sobre el sombrío cielo y a través de ella se filtró un rayo de luz fulgurante que iluminó todo el campo de lucha. Como un relámpago, un ser alado descendió velozmente.

Changüira Verceo había sido escuchado por su Dios, quien le envió al más grande adversario del Príncipe de las Tinieblas: el Arcángel Badael. Los hechiceros mostraron su temor eludiendo el encuentro con el combatiente celestial, mientras Badael agitaba sus níveas alas formando enormes remolinos, cuya fuerza hacía volar a sus rivales.

Con el poder de su flamígera espada, el Arcángel los hizo caer uno a uno ante sus pies. La destellante luz se proyectaba contra los maleus haciéndolos desaparecer, convertidos en cenizas. Los emisarios de la maldad fueron devastados.

El Arcángel Badael, cumplida su misión, regresó a los cielos. Changüira agradeció al Supremo por escuchar sus súplicas.

Nuevamente el bien había triunfado ante el mal.

El valiente guerrero se reincorporó, enarbolando su escudo y su espada como señal de victoria pero, en ese momento, una lanza de fuego se incrustó sobre su espalda hasta traspasarle el pecho. Changüira Verceo cayó de rodillas, dejando que se deslizaran lentamente de sus manos las armas que fueron puestas a prueba en todas sus batallas, y en la última.

Cuando trató de tomar la cruz de plata que colgaba de su cuello, no la encontró. Su resguardo protector había caído en algún lugar del bosque durante el enfrentamiento. El gran combatiente guay-yaki caía desplomado en el suelo. Detrás de él, sosteniendo la gran lanza mortal que acabaría con la vida del valiente adalid, estaba Murgabia, cruel hechicera y una de las más fieles serviles del diablo, proclamándose soberana absoluta de la gran batalla.

—¿Dónde está tu cruz, Verceo? —preguntó la hechicera mientras veía a su rival caer muerto ante sus pies—. Sin ella estás desarmado ante mi poder.

La mortuoria palidez del rostro de Murgabia dejaba al descubierto la frialdad de su alma. Ella era la encarnación real de la maldad absoluta. La esfera de sus ojos era tan blanca como la tenebrosa niebla que esparcía a su paso. Sus flameantes y largos cabellos negros sobresalían del capuz de su oscuro ropaje y serpenteaban con el viento, haciendo temblar hasta a los más osados hombres que estuvieran ante su presencia.

Cuenta la leyenda de los guay-yakis que, a la mañana siguiente de tan horrible contienda, a la que se conoció como la Gran Batalla del Ángel, uno solo de los guerreros logró sobrevivir, y llegó a la tribu casi agonizando. Se llamaba Kaleth. Él narró ante todos, la gran confrontación del Arcángel Badael contra los hechiceros y cómo presenció la muerte de Changüira en manos de la bruja Murgabia. Kaleth sostenía la cruz de plata que perteneció al gran jerarca. Contó que la había encontrado mientras se arrastraba durante el crucial enfrentamiento. La entregó a la familia del gran guerrero, haciéndoles la advertencia de que jamás dejaran que el crucifijo cayera en manos de Murgabia, pues ella quería destruirlo para evitar que debilitara su magia.

Kaleth añadió que Changüira siempre hizo saber a sus guerreros que no tenían que temer a sus enemigos mientras él tuviera en su poder el valioso amuleto. Fueron las últimas palabras de Kaleth antes de morir en presencia de toda su tribu.

La historia de la Gran Batalla del Ángel se propagó por todas las regiones y fue contada de generación en generación. La valentía de Changüira Verceo no fue olvidada. El bosque donde murió, junto al valiente ejército, fue honrado con su nombre, como recuerdo de la gran lucha contra el mal por la libertad de su tribu.

Al igual que el gran héroe guay-yaki, la certeza popular acerca del enorme poder de la inmortal hechicera también se intensificó. Murgabia se mantuvo oculta por siglos entre el bosque Changüira y las montañas de este pueblo, ofreciendo su oscura magia a quienes invocaran su presencia para cumplir así sus más indignos y perversos deseos, haciendo de ella la más grande diosa del pecado. Su malévolo poder se alimentaba de quienes hacían a un lado la fe de su dios para unirse al reino de las tinieblas.

Con el pasar de los años, familias enteras se establecieron en estas tierras, dando paso al nacimiento de un nuevo pueblo… El Guayacal, en honor a la gran tribu que por cientos de años luchó por estas tierras.

—¿Y qué ocurrió después? —por un momento temía que eso fuera todo lo que iba a contarme.

—Alan, esa es la fuente de las más terribles historias de este maldito lugar. El verdadero poder del mal sobre los centinelas del bien comenzó desde entonces —advirtió la anciana.

2

LA CRUZ DE HIPÓLITA

El Guayacal, 1930. Era Viernes Santo. El movimiento de personas en torno a la iglesia de Santa Bárbara de Los Milagros anunciaba que muy pronto iniciaría la procesión del Santo Sepulcro. La polvareda que dejaban los caballos y las carretas al pasar por el camino central del pueblo cubría el humilde caserío y los rostros de los lugareños, quienes caminaban largas distancias para llegar a cumplir su compromiso cristiano.

La rudimentaria decoración de la iglesia, hecha con flores silvestres, era elaborada por Carmela Santos, mujer entregada por años a esta casa de Dios y colaboradora leal del párroco Francisco Morelos, "Paco".

Carmela enviudó siendo muy joven. Su esposo, Mario Augusto Carvelo, segó su propia vida mediante un disparo en la cabeza. Desde aquel infortunado día, ella siempre vestía largos trajes negros, al igual que un fino velo que cubría su cabello.

Su vida giraba en torno a la iglesia Santa Bárbara de Los Milagros. Tenía una hija de casi veinte años llamada Hipólita, rebelde e indomable, quien vagabundeaba por los rincones y cantinas del pueblo, casi siempre ebria.

Para Carmela Santos, el padre Paco Morelos, quien había llegado al pueblo hacía quince años, proveniente de España, resultó ser el fiel consolador de sus penas a través de la palabra del Señor. Pero dentro de Carmela se escondían muchos secretos que hasta el mismo sacerdote desconocía.

Entraba la tarde y Carmela tomaba un descanso sobre las banquetas de la iglesia al terminar de poner las últimas rosas al Crucificado. El padre se sentó junto a ella, observando sus manos que sostenían un hermoso rosario de plata que brillaba al reflejar la luz del sol poniente que entraba por uno de los ventanales.

—No sé hasta cuándo habrá tristeza en ese rostro, Carmela, siempre te he dicho que no tienes por qué sentirte culpable por los errores de tu hija Hipólita. Tú has entregado todo a Dios, esa es tu mayor fortaleza. Además, muchos en El Guayacal ya habían perdido la fe, pero poco a poco han recurrido a Él en busca de su ayuda y ha logrado cambiar sus vidas.

—No lo dudo, padre; pero hay cosas que aún desconoce de mi hija. Hay algo muy fuerte que está dentro de ella que el poder de Dios no cambiará jamás. Su alma es impenetrable ante la fuerza del Señor.

—Me extraña que pienses así. ¿De qué vale que vengas diariamente a la casa de Dios, a pedirle, cuando realmente no confías en su gracia? Para el Señor, no hay corazón impenetrable, Carmela.

—La verdad padre, no me refugio en esta iglesia solo para acercarme a Dios, sino más bien... para protegerme de Hipólita.

—¿De tu hija?

—Sí, padre.

El sacerdote guardó silencio por varios segundos, sin comprender las palabras de Carmela Santos. En ese momento se escucharon voces de la multitud impaciente por iniciar la procesión, interrumpiendo la conversación de ambos.

—Hablaremos de esto otro día. La gente ya está cansada de esperar. ¡Agnes! ¡Agnes!

—Dígame, padre.

—Ayuda a doña Carmela a terminar de poner estas flores para que Diógenes y Salvador puedan sacar la imagen del Crucificado.

Mientras tanto, bajando las colinas rumbo al pueblo, venía Germán Salas. Al igual que Carmela Santos, colaboraba mucho con la iglesia. Después de perder a su esposa y a su único hijo, dos años atrás, se apegó mucho a su fe en Dios.

Junto a él caminaba Peregrino Collado, un joven de catorce años, criado por Germán desde muy pequeño, al quedarse huérfano.

Aquel Viernes Santo, mientras bordeaban el río entre los pedregales, ambos se encontraron con un grupo de jóvenes totalmente ebrios que canturreaban melodías festivas, irrespetando el sagrado día.

Germán, contrariado, los interrumpió con brusquedad.

—¿Acaso se burlan de lo que Jesús hizo por ustedes? ¿Saben lo que significa esta ofensa?

Los jóvenes quedaron pasmados ante la reacción de Germán, a diferencia de una mujer que se encontraba detrás de ellos, quien vestía un pantalón largo y desgastado, botas vaqueras, camisa remangada y abierta hasta el tercer botón, dejando a la vista parte de sus senos. Su desgreñada y larga cabellera negra le cubría la mitad del rostro. Ella, con gran furia, lanzó una botella contra el suelo y se acercó al viejo cristiano completamente ebria, tambaleando. La repulsiva mujer dio vueltas alrededor de Germán, desafiante. El ruido de sus botas al pasar sobre las rocas del río parecía un alarde de su jerarquía. Germán la seguía de reojo, temiendo que lo atacara por la espalda.

La cercanía entre ambos era tal que casi chocaban sus sudadas frentes cuando se colocó frente a él.

—¡Germán Salas! ¡El mismísimo hijo de Dios! —y al decirlo reía mientras lo miraba fijamente—. Te acuerdas de mí, ¿verdad que sí, viejo loco?

Germán apartó la cara ante el repugnante aliento.

—Sí, Hipólita, sé quién eres —contestó con la tranquilidad y la paciencia que eran su gran virtud.

—Qué buena memoria tienes, Germán Salas, qué buena memoria —decía Hipólita con una irónica sonrisa bailándole sobre la boca.

—Cómo olvidar a la rebelde hija de Carmela

Santos… Nunca seguiste sus pasos, y menos su amor hacia Dios.

—¡Mi madre es igual a ti! ¡Por eso son grandes amigos de la iglesia! ¿No es cierto? Creyentes de un Dios que no ha hecho nada por ustedes… ¡ni por nadie!

—¡No blasfemes, Hipólita, y menos en un día como este! —advirtió el hombre.

—¿Blasfemar? No me hagas reír. ¿Dónde estaba Él cuando tu esposa y tu hijo fueron arrastrados por la corriente del Cabral, ah? Dimeee, dóndeee estaba tu Diooos. ¡Maldita sea!

Mientras todos alrededor la observaban atónitos, Germán bajó la mirada.

—Él sabe por qué tuvo que llevárselos, Hipólita. Dios marca nuestros destinos, somos sus hijos. Él es un Dios de amor, no de odio ni maldad.

—¿De amor? Bla, bla, bla. Ya cállate, viejo estúpido. Todos hablan igual que el pervertido padrecito Paco…

Y al decir eso, Hipólita le arrancó el crucifijo que colgaba de su cuello. Lo empuñó en alto, mientras se bamboleaba, producto de su embriaguez.

—Si este es un Dios de amor… ¿Por qué demonios te quitó a tu familia, imbécil?

—No sabes lo que dices, Hipólita; tu corazón está lleno de rencor. Busca la paz en Cristo. No sigas refugiándote en el pecado y culpando a Dios de tu pobre vida mundana. Estás a tiempo de curar tus heridas y resentimientos. Si tienes fe, el Señor te redimirá y recibirá en sus brazos piadosos.

Hipólita reventó su ira tirando el crucifijo al suelo de pronto, como si le ardieran las manos a su contacto. En efecto, extendió la mano con rabia frente a la cara de Germán.

—¡Tu maldita cruz me quemó, desgraciado! —y tomó a Germán por el cuello de su camisa, sacudiéndolo.

—¡Hablas de paz, de amor, de perdón, pero ni tú ni nadie se imaginan lo que mi maldito padre y la que llamas mi madre hicieron conmigo!

Ambos se miraban fijamente a los ojos.

—¡Ahora lárgate con tu Dios a otro lado y déjame seguir viviendo en el pecado! —lo soltó con tanta violencia que lo hizo caer al suelo.

Los otros jóvenes embriagados se mostraron inquietos

ante la reacción de Hipólita, tras humillar a Germán frente a ellos.

Peregrino se inclinó, tratando de ayudar a su padre adoptivo.

—Vámonos ya Don Germán, se nos hace tarde.

Germán guardó silencio, recogió su sagrado crucifijo y continuó la marcha.

Más tarde, caminando la procesión en el pueblo, el hombre no dejaba de recordar su encuentro con los jóvenes, sobre todo las palabras de Hipólita que aún retumbaban en su mente, mientras la cera de la vela que sostenía en sus manos le cubría los dedos.

A la mañana siguiente, todo un pueblo fue deprisa hasta las cercanías del río Cabral. La algarabía de la gente provocaba eco en las laderas.

Peregrino llegó a la iglesia, en busca de Germán, quien desde muy temprano se hallaba rezando frente a la imagen de Santa Bárbara de Los Milagros.

—¡Don Germán, venga, rápido, tiene que ver esto! —decía el joven, asustado.

Ambos fueron al río, donde se encontraba todo el pueblo reunido.

—¿Dios mío, que ha ocurrido aquí?

Germán se abría paso entre la gente, preguntando sin obtener respuesta. Pronto pudo cerciorarse por sí mismo. Tres jóvenes, a los que de inmediato reconoció, colgaban de un árbol. Entre ellos se hallaba Hipólita, aunque era muy difícil identificarla: las cuencas de los ojos chorreaban sangre, vacías; sin duda aquello era obra de los cuervos, que aún permanecían dando brincos frenéticos y chillando en las ramas cercanas.

Debajo de aquellos cuerpos suspendidos, Carmela Santos, en medio del llanto y de un profundo dolor, abrazaba las rígidas piernas de su hija. Entre la multitud, mientras algunos lloraban o comentaban lo sucedido, otros repetían las oraciones consoladoras que desgranaba el padre Paco, hasta que fueron interrumpidos por Clementina Salazar, mujer arrogante y déspota, quien por varios años dirigió el comité de la iglesia Santa Bárbara de Los Milagros.

—¡Este es un ejemplo de que el mal se alimenta de los hombres y mujeres que carecen de fe! Por años se ha dicho que El Guayacal es un pueblo maldito. ¡Pero gente como las que están colgadas aquí son las malditas! Hermanos, compartimos el dolor de estas familias que hoy lloran a sus hijos por haber recibido este castigo, pero ellos trazaron su propio destino. Se alejaron del camino del Señor y decidieron seguir los pasos hacia el infierno…

—Es suficiente, Clementina, gracias —interrumpió el sacerdote—. Es hora de que regresen a sus casas. El corregidor Montesa debe estar por llegar. Solo les pido que oremos por sus almas.

Todos fueron retirándose poco a poco, mientras que Carmela, Germán, Peregrino y los padres de los otros condenados permanecieron allí, ahogados en el dolor.

Germán tomó las manos de Carmela.

—Yo los vi antes de que esto sucediera. Traté de advertirles del pecado que cometían, pero no escucharon mis palabras; sobre todo… tu hija Hipólita.

—¿Hablaste con ella, Germán? ¿Qué te dijo?

—Me desafió a mí y al Señor. Puso en duda su existencia y su poder. Allí está su respuesta. Allí está su condena —y al hablar miraba el cuerpo de Hipólita mientras se balanceaba con el viento.

Carmela cayó de rodillas y extendió sus brazos hacia el cielo.

—Perdóname, Señor, condéname a mí que he sido la culpable de sus pecados.

Sus lágrimas mostraban el dolor profundo que exprimía su alma.

Germán y Peregrino la ayudaron a levantarse.

—Vamos, Carmela, es mejor que vayas a casa. Acompáñala, Peregrino. Yo esperaré al corregidor Montesa.

Dos días después, al atardecer, los jóvenes fueron llevados, cada uno en sus ataúdes, para ser sepultados. El padre Paco, Germán, Peregrino y un grupo de allegados a Carmela y a las otras familias de los finados, los acompañaban en el sollozante peregrinaje hacia el cementerio.

Casi a las puertas del camposanto, la avanzada fue detenida por Clementina Salazar, secundada por un minúsculo séquito de fanáticos extremistas de la iglesia.

—¡Los cuerpos de esos impíos jamás serán sepultados en nuestro cementerio! —exigió Clementina formando una barrera humana que impedía el paso de las afligidas familias.

—¡Este cementerio es para todos los hijos del

Señor, Clementina! —exclamó el padre Paco—. Tus decisiones en los asuntos de Dios son extremas, pero las he respetado. Esta vez tendré que negar tu petición. Ellos también merecen ser sepultados en un lugar digno.

—Pues tendrán que hacerlo sobre mí y los que me acompañan, padre. ¡Sus cuerpos en este cementerio traerán más tragedias a El Guayacal!

—Es mejor que te apartes Clementina y hagas caso al padre— intervino Agnes, una de las personas que acompañaban el cortejo—. Ni tú ni nadie tienen el derecho de juzgar a ningún hijo de Dios. La Biblia dice muy claro: Aquel que esté libre de pecado…

—¿Que tire la primera piedra? —interrumpió Clementina—. Por favor, Agnes, no puedo creer que tú, mi propia hermana, estés en contra de nuestros principios cristianos. ¡Ellos no merecen llamarse hijos de Dios!

—No son los principios de Dios los que defiendes realmente, hermana. Es la obstinación por ejercer tus propias reglas dentro de nuestra iglesia. Aquí lo que prevalece es la ley del Señor, ¡no la tuya!

La cólera que reflejaba el rostro de Clementina

era evidente. Tuvo que tragarse sus palabras ante la intromisión de su hermana Agnes y la del padre Paco.

Ella y quienes la acompañaban, abrieron paso a los desconsolados familiares y amigos para que continuaran su marcha hacia el panteón.

Finalmente los cuerpos de los tres jóvenes fueron sepultados en el cementerio de El Guayacal.

Semanas después, una tarde, Carmela Santos salía del desolado lugar, después de visitar la tumba de Hipólita, encontrándose con Germán a la entrada del cementerio. Carmela se extrañó con su presencia.

— Germán, ¿qué haces aquí?

— La verdad, vine a hablarte de Hipólita.

Carmela trató de esquivar la conversación y siguió caminando, pero él la detuvo, poniendo la mano en su hombro.

— ¿De qué quieres hablar? Ya ella está allí, sepultada, como todos querían verla en este pueblo…

— No hables así, Carmela, no hagas que tu dolor se convierta en odio.

—Tienes razón, disculpa mi descortesía.

La verdad es que a pesar de lo que haya sido mi hija, no merecía morir de esa forma.

—Aquel día, la última vez que vi a Hipólita, discutí con ella a orillas del río Cabral. Estaba ebria como siempre. Traté de convencerla de que no irrespetara el Viernes Santo. Se violentó mucho, incluso me tomó del cuello y fijó su mirada en mis ojos. Vi dentro de ella mucho odio. Vi el infierno en su alma.

Carmela se mostró intranquila al escuchar a Germán.

—¡Dentro de los ojos de Hipólita podía ver al mismo demonio!

Carmela cubrió su rostro con el velo negro y dio unos pasos hacia delante, tratando de escapar de las palabras de Germán.

—Tengo que irme. Solo vine a despedirme de mi hija. Abandono para siempre El Guayacal.

—No te vayas aún, Carmela. Dime, ¿qué verdad ocultas? ¿Hay algo de Hipólita que no sabemos en El Guayacal?

Ella se volteó hacia él quitándose muy lentamente el velo. Se quedó muda durante varios instantes, hasta que desde muy adentro de sí comenzaron a salir unas palabras.

—Cuando me casé con Mario Augusto, soñábamos con tener hijos. Tratamos por años y no podía quedar embarazada. ¡No podía darle un hijo Germán! —Carmela miraba ahora a lo lejos—. Él juró que si no le paría un hijo, se alejaría de mí. Me desesperé. ¡No quería que Mario Augusto se fuera de mi vida, lo amaba como a nadie y lo sabes! Le rogué a Dios día y noche, y nunca cumplió mis súplicas. En mi desesperación fui a buscar mi última alternativa… Murgabia.

—¿La hechicera?

—Sí. La invoqué una noche en el bosque Changüira, donde todos hablaban que aparecía.

— ¿Cómo fuiste capaz de hacer eso…?

— Mi angustia me daba valor. La invoqué hasta que una niebla empezó a rodearme. Entre esa bruma logré ver a Murgabia. A pesar del miedo que sentí por su presencia, tuve el valor de pedirle que cumpliera mi gran deseo, usando su inmenso poder. Ella prometió que un conjuro lograría darme el hijo tantas veces pedido. Y creí en ella.

— Dios mío, Carmela, ¿qué hiciste?

— No lo sé, mi deseo de darle un hijo a mi esposo era superior a cualquier pensamiento. Me sentí mareada. Hasta que, de pronto, vi que la niebla tomaba la forma de espíritus infernales que volaban alrededor. El terror me paralizaba. Eran seres oscuros que salían de todos lados, atravesaban mi cuerpo quemándome por dentro. Caí al suelo, aturdida. Desperté confundida, desorientada, en medio del bosque. Miré a mi alrededor; Murgabia ya no estaba.

— ¿No sería un sueño, una pesadilla, Carmela? A veces, cuando tenemos una preocupación…

—Varias veces pensé en esa posibilidad, pero pronto supe que no era así. ¡Estaba esperando un hijo! No me atreví a confiarle a Mario Augusto lo que sucedió en el bosque, lo que hice para cumplir nuestro mayor deseo, él no debía enterarse. Pero…

— ¿Qué pasó? —la apuró Germán.

Pero unos días antes de parir, él despertó angustiado. Me contó, temblando, que tuvo una pesadilla: un hombre vestido de negro, con mirada oscura, le envió el mensaje de que el hijo que yo llevaba en mi vientre… no era de él. Estaba desesperado, no me escuchaba, solo repetía una y otra vez que no quería a su hijo. Sin que pudiera evitarlo sacó el arma que guardaba junto a la cama; primero me apuntó a mí, luego a su cabeza, acusándome siempre de llevar en mi vientre un hijo del diablo. Esas fueron sus últimas palabras antes de apretar el gatillo y quitarse la vida frente a mí. Tres días después… nació Hipólita.

Germán no podía creer semejante revelación; bajó la cabeza y la dejó seguir su angustiado relato.

— Una mañana, mientras bañaba a Hipólita, vi algo extraño que cubría toda su espalda...

— ¿Qué viste? —preguntó Germán intrigado.

— ¡Una cicatriz! Tenía la forma de una cruz… una extraña cruz invertida. Fui junto a mi pequeña Hipólita en busca de la hechicera Murgabia nuevamente al bosque para que me revelara lo que simbolizaba esa marca en su cuerpo, pero jamás la volví a ver. Luego recordé que mi madre, quien por muchos años practicó la magia negra, antes de morir me pidió que guardara un antiguo libro de conjuros. Lo mantuve por muchos años oculto en una caja debajo de mi cama. Busqué página por página hasta encontrar la misteriosa imagen que Hipólita llevaba en su espalda. Allí estaba el símbolo…

— ¿Qué significaba?

— Era un sello. Una marca que solo poseían aquellos que eran engendrados por Lucifer.

— ¡Carmela!

— Sí, Germán. La bruja Murgabia hizo un pacto con el rey del infierno ofreciendo mi cuerpo y mi alma...

Carmela detuvo su relato y dirigió la mirada hacia los ojos de Germán.

— Entonces comprendí todo: ¡Yo parí una hija de Satanás!

Germán sacudió la cabeza, sin poder creer la confesión de Carmela Santos.

— La visión que tuvo Mario Augusto en su pesadilla era cierta. El hombre vestido de negro era el padre de mi hija, el Príncipe de las Tinieblas...

— Eso es imposible, Carmela. Tú has entregado tu vida al Señor.

— Por eso, justamente, entregué mi vida a la Iglesia...

— No entiendo...

— Germán, ¡quería que Dios tuviera piedad de mí y de mi hija! Hipólita siempre odió llevar esa horrible marca sobre su dorso. Gritaba cada vez que la veía reflejada en el espejo. Muchas veces se arrastraba sobre las rocas hasta sangrar tratando de borrarla. Nunca le oculté la verdad. Hipólita siempre supo quién fue... y quién era, en realidad, su padre.

Carmela se aferraba a las manos de Germán, presa de una angustia creciente.

— ¡No cuentes esto a nadie! Es lo único que te pido. Tendré que cargar con esta culpa hasta los últimos días de mi vida. Aceptaré lo que la voluntad del Señor tenga para mí.

— Puedes confiar en mí, cumpliré tu petición, pero prométeme que no abandonarás El Guayacal.

— Lo siento, tengo que irme. Mi destino está en otro lugar, Germán. Mañana tomaré el tren en el pueblo, y de ahí hasta el puerto; me embarcaré hacia la isla Arreiras donde quiero vivir mis últimos días.

— Carmela...

— Está decidido. ¿Por qué tú y Peregrino no vienen conmigo? Salgan de este pueblo maldito. Aquí solamente habrá desgracias. Lo de Hipólita es apenas el comienzo.

Carmela Santos nunca logró llegar a su destino.

Al día siguiente, uno de los vagones del tren se descarriló en una curva; todos los pasajeros sobrevivieron, menos ella. Por años se habló de la tragedia, y de cómo la mujer corrió con la mala suerte de que su cabeza golpeara con fuerza sobre la ventanilla al momento del accidente y su cuerpo fuese lanzado fuera del tren, antes de que el vagón la aplastara con todo su peso.

Pasó un año desde aquella imborrable tragedia de Hipólita y los otros jóvenes. A pesar del tiempo, el suceso se mantenía en la mente de los habitantes de El Guayacal.

El Viernes Santo de ese mismo año, Peregrino regresaba completamente solo del pueblo, después de haber caminado la procesión como era su costumbre. Esa noche, a su regreso, pasaba muy cerca del cementerio donde Hipólita fuese sepultada, y al que más de cuatro temían, sobre todo en las horas nocturnas.

Mientras avanzaba, solo se escuchaba el sonar de los cascos de su caballo, al que llamaba Cimarrón.

El sombrío lugar era aterrador. A través del crecido herbazal se podían ver las losas de cemento y las cruces desgastadas por el tiempo y el abandono.

De pronto el caballo empezó a levantar las patas delanteras, negándose a seguir las órdenes del jinete. Peregrino cayó al suelo, mientras Cimarrón derrumbaba el viejo portón hasta lograr entrar al cementerio.

— ¡Cimarrón, Cimarrón, regresa!

Peregrino se levantó y fue en busca de su caballo. Un silencio sepulcral lo inquietaba mientras caminaba a través del terreno sacro. Logró alcanzar a su caballo y de la alforja que colgaba de la montura, sacó una vieja linterna que por momentos se apagaba pero, al darle unos leves golpes, encendía nuevamente.

Iba a regresar por donde entró, pero una tumba apartada de las otras le llamó la atención. Era la de Hipólita Carvelo Santos, y la tradicional cruz se hallaba invertida sobre la losa, como doblada por una fuerza descomunal. Mientras notaba el detalle, se percató de que una espesa neblina emergía del sepulcro y se extendía hasta rodear el viejo cementerio.

Angustiado por lo que estaba sucediendo, intentó salir del sitio, halando su caballo, pero parecía tropezar con cada cruz o losa existente. Además, una extraña sombra se levantó de la tumba de Hipólita y venía hacia él. Confundido y desorientado, el aterrado joven no lograba encontrar la salida, y cayó entre el herbazal, mientras que Cimarrón corría hacia la salida dejándolo ahí tendido. La sombra a sus espaldas ahora era enorme y cubría el sitio con su macabro manto.

A duras penas intentó ponerse de pie para hallar la salida, pero el portón se cerró violentamente, como si una fuerza sobrenatural lo sostuviera.

— ¡Dios mío, que alguien me ayude! —gritaba Peregrino con voz ahogada—. ¡Déjenme en paz!

En medio de su angustia logró escuchar el trote de un caballo al otro lado del muro, al mismo tiempo que la sombra lo alcanzaba, envolviéndolo totalmente.

— ¡Regresa por donde viniste, Hipólita! —oyó decir a una voz enérgica.

Era Germán, quien, preocupado por la tardanza de Peregrino venía en su búsqueda.

—¡Eres tú, Hipólita, lo sé! —gritaba Germán—. ¡En el nombre de Dios, te ordeno que regreses a tu tumba!

Como respuesta, sobre ellos sobrevino una fuerte

tormenta. El resplandor de los rayos iluminó al espectro maligno que estaba frente a ellos: una mujer con un largo traje negro irrumpió el lugar. Era la hechicera Murgabia. El manto que cubría su oscuro rostro solo dejaba escapar el brillo maligno de sus ojos. Levantó las manos invocando a sus más perversos vasallos.

— ¡Oh dios de las tinieblas, haz resurgir de la profundidad de esta tumba a la más cercana descendiente de tu maldad y poder… tu hija Hipólita!

— ¡Maldita seas, bruja! ¡Y maldito sea el día que llegaste a El Guayacal! —gritaba Germán sosteniendo el crucifijo que siempre pendía de su cuello.

En ese momento salían unas manos del fondo de la tumba siniestra de Hipólita Carvelo Santos, como tratando de buscar la superficie, abriéndose paso a través de la tierra que la sepultaba.

Era ella, cuyo cuerpo cobraba vida. La piel de su rostro caía en pedazos mientras los gusanos formaban parte de sus vísceras. Se acercó rápidamente hacia ambos profanadores de su santuario infernal, mientras Murgabia reía de gozo al ver la escena aterradora.

— Nos volvemos a ver las caras —se le oyó decir al espectro de Hipólita—. ¿Me tienen miedo?

Peregrino trató de ocultarse detrás de su protector.

— ¡Déjanos, Hipólita! Es mejor que te alejes de nosotros —dijo Germán mientras retrocedía sosteniendo el crucifijo—. ¡Siempre rechazaste a Dios, pero aun así Él te perdonará! Tu alma puede estar en paz. Acéptalo como tu único salvador. ¡Acéptalo Hipólita, acepta a Dios como tu único redentor!

— ¡Jamás! ¡Lárguense! Si este fue el destino que tu Dios tenía para mí, lo acepto. Ahora seré sirviente de quien me acoge en su reino. ¡Satanás, mi propio padre!

Una fuerza sobrenatural lanzó a Germán contra el muro del cementerio quedando casi inconsciente. De pronto, como señal divina, empezó a emanar sangre del crucifijo que empuñaba.

— ¡Mira Hipólita, es la respuesta de Dios! —y alzaba el crucifijo, mientras aun se hallaba aturdido por el golpe.

Hipólita tomó a Germán levantándolo por el cuello. Su fuerza infernal lo sostenía en el aire.

—¡No fue tu culpa, ese pacto lo hizo Murgabia! ¡Ella fue la causante de tu gran pecado! Si aceptas a Dios, tendrás su perdón… ¡Tú no elegiste ser lo que fuiste, Hipólita!

—¡No aceptaré a tu Dios, ni tampoco abandonaré este lugar jamás! ¿Me escuchaste? Este cementerio será mi templo. ¡Por siempre!

— Germán —interrumpió Murgabia—. ¿Te das cuenta de que nuestro poder es imbatible ante el de tu Dios? Únete a nosotros. El destino de El Guayacal está bajo las ordenanzas de mi amo, el verdadero rey de la misericordia de los desvalidos que buscan en él su salvación.

— ¿Unirme a tu rey, el amo de las tinieblas, el desterrado de los cielos? ¡Jamás, Murgabia! No caeré en tus perversos ofrecimientos. Mientras posea esta cruz, no podrás tocarme ni traspasar la gran coraza que me protege.

— Es mejor que cuides muy bien ese resguardo, Germán Salas. Algún día no lo tendrás contigo, en ese momento serás mío. Acabaré con tu vida como lo hice una vez con tu esposa y tu pequeño hijo.

German no pudo contener su dolor ante la revelación

de Murgabia.

— ¿Tú los mataste, maldita hechicera?

— Realmente quería matar solo a tu pequeño en las aguas del Cabral, pero como tu mujer insistió en salvarlo, decidí ahogarlos a ambos. ¡Qué triste desenlace! ¿Verdad, Germán?

— Eres despiadada, Murgabia. ¿Por qué lo hiciste? ¿Por qué acabar con la vida de ellos y no con la mía?

— Tu hijo era el último vástago del linaje de Verceo, por eso lo desaparecí junto a tu estúpida mujer. Ahora solo quedas tú, Germán. Siéntete vencedor mientras poseas esa cruz. Pero algún día acabaré contigo también como lo hice con Changüira, siglos atrás, y así la sangre de su descendencia desaparecerá por siempre.

Un rayo mucho más intenso volvió a caer como señal de que las palabras de la hechicera iban a ser cumplidas.

Un fúnebre silencio cubrió abruptamente el lugar. La tormenta empezó a desaparecer. Hipólita y Murgabia se desvanecieron a través de la niebla que se sumergía en la tumba. La cruz colocada encima de la losa giró sobre sí misma y volvió a su posición inicial.

— ¿Que pasó aquí, don Germán? —preguntó extrañado Peregrino.

— ¡Nos salvamos por este crucifijo! Aunque no lo creas, con todo el poder de esos engendros, le temen al gran poder divino. Además, mira, ya va a salir el sol dentro de poco. Es Sábado Santo —exclamó.

— ¿Y qué tiene que ver con todo esto el que amanezca?

— Mucho, Peregrino. La maldad de Hipólita solo dura hasta la medianoche del Viernes Santo, día en que fue juzgada por la ley divina. Ella nunca se arrepintió y decidió vivir en la profundidad de las tinieblas de este cementerio.

— ¿Y la hechicera?

— Ella seguirá por este pueblo llevando maldad y odio entre los que carecen de fe. Pero de algo estoy seguro Peregrino, el final de su poder en El Guayacal está cerca. Lo puedo jurar.

De regreso al pueblo, Peregrino contó la oscura experiencia vivida aquel Viernes Santo. Mientras que de los labios de Germán Salas, jamás salió una sola palabra de lo ocurrido.

Con el tiempo, Hipólita fue recordada por los pueblerinos como "la hija del Diablo".

Varios años después, Germán Salas falleció a causa de una extraña enfermedad.

Antes de su muerte, Germán le confesó a Peregrino que recibió una imprevista visita del padre Paco, y que horas más tarde, esa noche, la hechicera Murgabia entró en su cuarto transmitiéndole una peste maldita a través de su magia, como venganza y para cumplir lo que le había prometido: acabar con su vida.

Lo enigmático de la muerte de Germán fue que el gran crucifijo de plata que lo protegió del mal por muchos años, no colgaba de su cuello el día de su muerte.

Una semana después de este hecho, fue asesinado el padre Paco en circunstancias misteriosas.

Con el pasar del tiempo, surgieron muchas leyendas. Algunos de los que pasaron por el lóbrego lugar contaron que, al mirar a través de los barrotes del viejo portón del cementerio, donde yacen los restos de Hipólita Carvelo Santos, en las noches del

Viernes Santo, se puede ver invertida la cruz sobre su tumba.

3

LA CURIOSIDAD

Volví de aquella terrible visión que me dejó totalmente absorto. Jamás imaginé que tanta maldad hubiera existido en este pequeño pueblo. Pero aún quedaban muchas incógnitas en mi mente… cabos sueltos.

— ¿Quieres continuar, Alan?

El eco de su voz terminó despertándome del análisis interno acerca de lo presenciado.

— Claro que sí, señora; pero me pregunto, ¿qué ocurrió con el padre Francisco? Escuché en su relato que murió de manera misteriosa.

— Me encantas, muchacho, me gusta tu inquietante curiosidad y avidez por saber más.

— ¿Qué ocurrió con él? ¿Murió de la misma forma que Germán?

— ¡Nooo! ¡Su muerte fue mucho peor! Aún siento escalofríos con solo recordarlo.

— ¡Quiero saber, señora; quiero saber todo lo que ocurrió en este pueblo! ¡Muero por estar en ese momento!

Sin darme cuenta posé de nuevo la mirada sobre el viejo baúl.

— La ansiedad te domina, Alan… Tranquilo, tengo todo el tiempo del mundo para ti. ¿En verdad quieres saber lo que ocurrió con el padre Paco? Creo que todavía sientes miedo de mí. ¿No es cierto?

Esta extraña mujer me conocía más que mi propia madre. ¿Cómo podía saber lo que sentía? —pensé.

— La verdad, sí señora, pero la curiosidad puede más que mi miedo. Quiero saber qué ocurrió con el padre Paco.

— Su muerte sucedió cuatro años después de la de Hipólita…

Mientras escuchaba su relato, volví a zambullirme en el lago profundo de imágenes oscuras y grises de El Guayacal dentro de aquellos ojos del gato. Sombrías nubes cargadas de dolor y sufrimiento me cubrieron. Allí estaba de nuevo… lo veía claramente.

4

LA CABEZA DEL PADRE PACO

Aquella noche, el misterioso pueblo de El Guayacal era azotado por una fuerte tormenta invernal de octubre. Del ensombrecido cielo colgaban nubes embravecidas y aterradoras, haciendo que los pobladores se refugiaran en sus ranchos desde muy temprano. Los rayos incandescentes alardeaban de ser una de las peores tempestades en muchos años.

El ruido de los truenos y el viento se mezclaba con los gritos que escapaban de una vieja cabaña que bordeaba el cerro Abadón. De aquel tugurio salía apresuradamente una mujer desesperada, escondiendo algo extraño en sus manos. Se adentró en la tupida maleza en la oscuridad de la noche y desapareció como si hubiera sido engullida por el bosque en fracciones de segundos.

Varios curiosos se acercaron a ver lo ocurrido, pues el alboroto despertó a todos en El Guayacal.

Al entrar, allí estaba el cuerpo inerte, desnudo y decapitado del padre Francisco Paco Morelos, tirado en el suelo al lado de un hacha cubierta de sangre.

— ¡Mataron al padre Paco! ¡Ayyy, mataron al padre Paco! —gritaban todos en el pueblo.

La noticia del horrendo hallazgo, se fue expandiendo por todos los lugares cercanos. Pocas horas después, muy cerca de allí, otra tragedia: la iglesia Santa Bárbara de Los Milagros, ardía en llamas sin que nadie comprendiera cuál fue la causa del incendio.

Dentro del templo sagrado, consumido totalmente por el fuego, se encontró el cuerpo calcinado de un joven. Su nombre era Salvador Cisneros, quien recién había cumplido los dieciocho años de edad y era hijo del carpintero que ayudaba a reparar las banquetas de la iglesia.

Ambos incidentes fueron todo un enigma. No se encontró evidencia alguna de quiénes realmente cometieron tales crímenes.

Al día siguiente, el cuerpo del padre Paco fue enterrado en los prados del cerro Abadón, debajo de un árbol de olmo, donde el pastor cada mañana se encontraba con Dios, a través de la oración, intercediendo por medio de sus plegarias para regresar la fe perdida en los pobladores de El Guayacal. Todos le dieron el último adiós en el lugar donde siempre había pedido ser sepultado el día de su muerte. Y así se cumplió.

En sus lánguidos rostros de profundo dolor, se reflejaba la interrogante que cruzaba por sus mentes: ¿por qué acabar con la vida del padre Paco?

Luego de la vigilia que duró varias horas, regresaron a sus casas. Solo una mujer permanecía de rodillas al pie de la cruz que se erigía sobre la tumba del sacerdote. Era Agnes, su incondicional colaboradora, quien por años vivió de la caridad del párroco. Su llanto era desconsolador y sus gritos clamaban justicia tratando de traspasar el cielo con la esperanza de recibir la respuesta del Ser Supremo:

— ¿Por qué, Señor, por qué de esta forma? ¿Qué será de El Guayacal sin el padre Francisco? ¿Qué será de mi vida sin él?

Las lágrimas se esparcían sobre sus mejillas, y eran secadas por la fuerte brisa que pegaba en su rostro.

Una cegadora niebla empezó a expandirse en el lugar. Agnes sacó de su pecho una cruz de plata y se persignó como si presintiera que algo estaba por ocurrir, y volvió a ocultarla.

— ¡Ahora te persignas, maldita pecadora! —dijo una mujer a sus espaldas.

Agnes cerró sus ojos y juntó sus manos, permaneciendo de rodillas ante la tumba. Ella respondió reconociendo la voz de la inusitada aparición.

— Sabía que vendrías, Murgabia. ¿Qué quieres de mí? Ya conseguiste lo que deseabas. ¡Ahora lárgate de mi vida!

— Que cínica eres Agnes. Tú acabas con la vida del pervertido cura y ahora me culpas por tu acto impuro.

El sarcasmo era evidente en las palabras de la hechicera.

— ¡Por favor, a quién engañas con tu petulancia de gran devota!

— ¡Tú me obligaste a hacerlo, maldita bruja! ¡Enviaste a tus perversos demonios a poseerme y acabar con la vida de un gran hombre…! ¡Un verdadero hijo de Dios!

— ¿Un hombre? ¿Un hijo de Dios? ¡No me hagas reír, Agnes! Tú nunca lo viste de esa manera tan fervorosa. Tus ojos lo miraban con pasión, lujuria y deseo —replicó Murgabia mientras caminaba alrededor de Agnes.

— ¡Cállate, bruja, cállate! —exclamó Agnes, con las manos ocultando su rostro.

— ¿Que calle, dices, lastre humano, vil pecadora?

— ¿Crees que tu maldad no tiene límites, verdad? — preguntó Agnes exasperada—. Tu tiempo de reinado en El Guayacal está contado, el poder de Dios volverá y te arrodillarás ante Él suplicando su perdón.

— No eres digna de hablar de tu rey. ¿Cómo tienes el valor de hablar de Él? Ustedes los llamados cristianos me parecen tan hipócritas. Hablan de amor y odian, predican la paz… y ¡matan! ¡Como hiciste con el padre Paco!

Agnes bajó la mirada. Su sentimiento de culpa la abrumaba con cada palabra que esbozaba la ruin mujer.

— ¡Lárgate ya, maldita hechicera!

— Aún no termina tu calvario, Agnes. Voy a disfrutar tu dolor lentamente —dijo Murgabia, con arrogante ironía.

— ¡Cállate mujer y regresa a tu mundo de tinieblas que es donde perteneces!

—Volveré a encontrarte Agnes, volveré a encontrarte —la voz de Murgabia se desvanecía al igual que la niebla, llevándose el eco de su satírica carcajada.

Mientras, Agnes aún seguía ahogada en sus lamentos, arrodillada ante la tumba del párroco. Desde allí, contempló con pesar el oscuro y fenecido pueblo de El Guayacal esperando que ocurriera entre sus rincones otra terrible desgracia, mientras sostenía en sus manos la cruz de Verceo.

Varios inviernos pasaron desde aquel aterrador incidente.

En el sitio donde alguna vez estuvo la iglesia Santa Bárbara de Los Milagros solo quedaban vestigios de lo ocurrido. A pesar del tiempo, aún podía olerse la carne incinerada de Salvador Cisneros, como sello indeleble de la tragedia de un pueblo marcado por la muerte.

Muchas leyendas se contaron acerca de la extraña decapitación del sacerdote. Historias que mantenían con vida el brutal crimen.

El Guayacal se hundía más en la desolación y en la miseria espiritual. Muchos preferían abandonar sus pequeñas cabañas en el condenado lugar. La poca fe y esperanza que podían sentir, quedaron enterrados en lo más profundo de la tumba donde yacía el cuerpo decapitado del padre Paco.

Después de caer el sol, todos se refugiaban dentro de sus moradas con temor a ser poseídos por las almas malignas que rondaban detrás de las colinas.

No muy lejos de allí, casi a punto de finalizar la tarde, regresaban al pueblo cuatro jóvenes que trabajaban para Dawson Railroad Company, encargada de la reparación de los rieles del ferrocarril que cruzaba las llanuras de El Guayacal hasta el puerto Lambique. Ellos eran Efraín Montés, Manuel Rojas, quienes tenían varios años de estar laborando en la compañía, y los gemelos Samuel y Sebastián Sánchez, quienes tenían pocos días de haber llegado a El Guayacal para formar parte del grupo de obreros de la empresa ferroviaria del millonario texano Mr. Mark Dawson. Su paga no era muy buena, pero era el trabajo mejor remunerado en aquella olvidada comunidad.

— ¿Por qué rayos tomamos siempre el camino

más largo para regresar al pueblo? —preguntó, rabioso, Samuel, mientras se detenía abruptamente.

— Lo mismo iba a decir, hermano, ¿por qué no vamos mejor a través del cerro Abadón? — exclamó Sebastián, dejando caer la pesada bolsa que traía sobre su espalda—. Creo que es más corto.

Los otros dos jóvenes que los acompañaban se mostraron algo inquietos; más bien sintieron miedo.

— ¡No saben lo que están diciendo, muchachos! Jamás pasen por esos terrenos después de caer el sol… ¡Ese camino está maldito! —advirtió Manuel Rojas.

— Manuel tiene razón, todos los caminos que atraviesan ese cerro te llevan a la muerte —advirtió Efraín Montés, señalando el tenebroso sitio que estaba a unos metros de donde se encontraban.

— Absurdas historias y leyendas es lo único que he escuchado desde que llegamos a El Guayacal —protestó Sebastián, mientras levantaba su bolsa del suelo, listo para partir y tomar por el prohibido sendero, ignorando la advertencia de sus compañeros.

— ¿Leyendas dices? —consultó Manuel, mientras se acercaba a ambos hermanos—. No son simples cuentos, compañeros. En ese lugar ocurrieron cosas que jamás podrán imaginar.

El momento empezó a tomar un giro macabro con lo que Manuel y Efraín contaban a los hermanos Sánchez. El sol empezaba a esconderse detrás del cerro.

— Es mejor no arriesgarse, amigos; ustedes están recién llegados a este pueblo y son muchas cosas que tienen que saber, sobre todo de ese camino — proseguía Efraín, tratando de persuadirlos—. Allí cortaron la cabeza del padre Paco Morelos hace veinte años. Su cuerpo mutilado fue enterrado en ese sitio y su cabeza nunca fue encontrada.

— Algunos creen que fue el mismo Diablo quien llevó su cabeza al infierno —interrumpió Manuel bajando la voz, como temiendo que fuera escuchado por alguien además de ellos.

— Y eso no fue todo. A los días de haber sido enterrado, el cuerpo desapareció de su tumba —acabó diciendo Efraín.

— ¿Fue profanada? —quiso saber Samuel.

— Eso se pensó en un principio, pero después de aquel día empezaron a desaparecer quienes cruzaban el sendero, que pasaba muy cerca del árbol de olmo donde fue sepultado el cuerpo del padre — contestó Manuel.

— Después de ocultarse el sol, el atajo tranquilo y apacible se convierte en un camino de terror y muerte —proseguía Efraín—. Puedes escuchar y sentir pasos detrás de los árboles que custodian el sendero que aquel ser utiliza como su guarida para sorprender a inocentes pueblerinos que pasan por su territorio, convirtiéndolas en fáciles presas de su apetito insaciable por desgarrar la carne de sus víctimas.

— Y al amanecer, cuando el trecho pierde su maligno efecto, puedes ver sangre y vísceras esparcidas por todos lados. Las cabezas son arrancadas del cuerpo de sus víctimas. Algo busca en los habitantes de este pueblo que aún no encuentra —apuntó Manuel.

— ¿Y la cabeza del padre nunca fue hallada? — preguntó algo intranquilo Sebastián.

— No, algunos creen que una hechicera llamada Murgabia, quien ha reinado estas tierras con su maldad por muchos años, la mantiene en su poder como un gran trofeo —seguía relatando Efraín.

— Mientras no sea encontrada la cabeza, su cuerpo penará por este lugar sin poder tener el descanso eterno —finalizaba Manuel, mostrando en su voz el temor y el respeto que sentía por aquella leyenda.

Luego del estremecedor relato, Sebastián se distrajo por un momento, mirando fijamente el misterioso camino, como si algo llamara su atención.

— Creo que Efraín y Manuel tienen razón, hermano, tomemos el camino de siempre —interrumpió Samuel.

— ¡Caminemos entonces, antes de que corten nuestras cabezas ja, ja, ja! —expresó Sebastián en tono burlesco.

Entrada la noche, en su cabaña, Samuel no dejaba de pensar en el siniestro sendero que atravesaba el aterrador lugar. La tentación de cruzarlo lo inquietaba. Mientras dormía, en su mente susurraban voces que lo llamaban por su nombre obligándolo a abrir sus ojos en medio de la oscuridad.

— ¿Qué pasa hermano, no puedes dormir? —quiso saber Sebastián desde el catre contiguo.

— No sé. Algo me atrae a ese lugar —murmuró Samuel, mirando hacia al techo de paja.

— ¿Estás asustado? —rió Sebastián.

— Es en serio lo que digo. Mientras Manuel y Efraín nos hablaban de ese extraño camino, sentí que teníamos que entrar, porque algo que nos pertenece está allí dentro.

— ¿Algo? No te entiendo. Primero no querías regresar allí y ahora sí. Te estás volviendo loco, hermano.

— Estoy seguro de que hay algo allí, muy extraño, que tenemos que descubrir tú y yo —replicó Samuel.

— ¡Estás loco! —exclamó Sebastián viendo la absurda decisión de su hermano—. ¿No escuchaste que en ese lugar decapitaron a un sacerdote? Aunque la verdad no creo mucho en esa leyenda, es mejor prevenir.

— No sé tú, pero mañana, de regreso, tomaré el camino prohibido. ¿Me acompañas?

— Qué más remedio tengo que el de seguirte a donde vayas. Claro que sí… pero solo mañana. ¿Está bien? La verdad quiero demostrarle a ese par de idiotas que las supersticiones sobre el padre Paco son producto de la ignorancia de la gente de este pueblo.

— Estoy seguro de que venir a El Guayacal forma parte de nuestro destino, Sebastián. De eso estoy completamente seguro.

— Ya duerme, Samuel; mañana nos espera mucho trabajo —advirtió Sebastián, preocupado por lo que su hermano planeaba.

Durante el resto de la noche y más allá de la madrugada, Samuel tuvo horribles pesadillas. Escuchaba una y otra vez las voces que provenían del camino prohibido. Veía cómo una sombra maligna envuelta en una densa niebla salía de los árboles abalanzándose hacia él.

— ¡Sebastián ayúdame, suéltenme! —gritó desesperado con su cuerpo empapado en sudor sobre su catre.

— ¡Samuel, despierta! —Sebastián trataba de tranquilizar a su hermano—. ¡Es solo una pesadilla!

— ¡No quiero ir al camino prohibido, no debemos ir a ese lugar! —gritaba Samuel con sus ojos desorbitados.

— Cálmate hermano. Tranquilo, ya pasó todo. Tuviste una pesadilla —insistió Sebastián, mientras lo sostenía con sus brazos.

Varios días después de aquella pesadilla empezó el arrasador invierno de octubre. La lluvia cubría los pastizales inundando las quebradas. Las vacas, los cerdos y los caballos se resguardaban dentro de los establos durante el vendaval. Los árboles eran arrancados de sus raíces y arrastrados por el caudaloso río Cabral.

En medio de tan tempestuosa noche regresaban de la montaña Samuel y Sebastián después de haber terminado su jornada de trabajo.

—No veo el camino, Sebastián. Creo que es mejor tomar por el lado del cerro; está menos inundado.

—Tienes razón, yo te sigo.

Sebastián fijaba la vista en el fangoso suelo, como si contara cada huella que dejaba a su paso. La noche fue cayendo aprisa sobre ellos.

A pesar de los amenazadores truenos que emanaban del oscuro cielo, no interrumpieron su avance.

—Sebastián, creo que este no es el camino —advirtió Samuel.

—¿Estás seguro?

En ese momento, ambos hermanos se dieron

cuenta de que se hallaban justo en el sitio de la leyenda del cerro Abadón. Un repentino zumbido pasó muy cerca de los dos. Sebastián se volteó para mirar a su hermano.

— No sé, pero sentí algo extraño… mejor apresuremos el paso, tenemos que salir de aquí.

La lluvia no mermaba. Sebastián se mantenía alerta mirando de un lado a otro, al igual que Samuel, mientras trataban de encontrar la salida hacia el pueblo.

De pronto, en medio de la oscuridad, se escuchó un extraño ruido que provenía de los árboles.

— ¿Oíste eso? —preguntó Samuel.

Un fuerte sonido de pisadas, sobre las húmedas hojas, salía de las entrañas del monte.

— Sí, escucho —confesó Sebastián—. ¿Y hueles eso? Es un hedor pestilente…

— Como a perro muerto.

Notaron que algo merodeaba a su alrededor, detrás de los árboles.

— Alguien está detrás de nosotros… ¡Corre, Sebastián, corre!

Samuel fue el primero en ver cómo cobraba vida la sombra maligna de sus pesadillas, que ahora se manifestaba ante ellos.

— ¡Dios mío!… ¿Quién eres? —gritó Sebastián al verse acorralado por la enorme bestia sin cabeza. De su deforme cuerpo caían al suelo gajos de piel muerta y putrefacta, de la que emanaba la fetidez que sentían. La oscuridad y la lluvia impedían que su visión fuera más clara. La luz de los relámpagos le daba cierta fluorescencia al monstruo.

Sebastián tropezó con un tronco que bloqueaba el oscuro y resbaladizo sendero. Sintió que una de las manos de la bestia sujetaba sus pies arrastrándolo sobre el lodo. Trató de escapar pero fue inútil zafarse de aquellas garras que tiraban de él.

— ¡Samuel, no dejes que me lleve! —gritaba, desesperado, mientras su cuerpo se perdía a través de la niebla, desapareciendo por completo detrás de los viejos árboles torcidos. Todo ocurrió en segundos.

Samuel corrió en búsqueda de su hermano, pero fue imposible. Solo pudo escuchar cómo aquel ser se abría paso entre la espesura y la tormenta que envolvía tan sombrío camino.

— Sebastián, ¿dónde estás?, ¡contéstame!

Al no escuchar la respuesta de su hermano ni encontrar algún rastro, Samuel prosiguió a lo largo del trecho maldito y logró llegar hasta una de las primeras cabañas del pueblo. Era la de don Diógenes Cisneros, el viejo carpintero de El Guayacal.

— ¿Qué pasa, muchacho, por qué tocas la puerta de esa forma? ¡Parece que hubieras visto al diablo!

— Disculpe, señor. Algo nos perseguía camino hacia el pueblo. ¡Un monstruo horrible! —contestó agitado Samuel al pie de la puerta—. ¡Esa bestia se llevó a mi hermano!

— ¡Ya cálmate hijo. No te quedes allí pasmado, entra rápido! Esta tormenta no parará en toda la noche.

Entró empapado al hogar del hombre, tiritando por el frío y el miedo.

— ¡Magda, trae una manta para este muchacho, rápido! —pidió don Diógenes a su esposa quien se había levantado, asustada por los porrazos que el joven atemorizado le dio a su puerta.

— También calentaré un poco de café. Debes estar helándote —dijo doña Magda, mientras encendía la pequeña hornilla.

— Ahora dime, ¿qué fue lo que ocurrió? — preguntó don Diógenes, mientras se sentaba en su viejo taburete frente a Samuel.

— Tomamos de regreso, el sendero que atraviesa el Cerro Abadón —la voz temblorosa de Samuel fue interrumpida abruptamente por el carpintero.

— ¿Por el Cerro Abadón dices? ¿Cómo se les puede ocurrir tomar ese camino a estas horas? ¿No saben que está maldito?

Su esposa Magda se acercó a él tomándolo del hombro.

— Cálmate, Diógenes, estás asustando más al muchacho. Además, se nota que no conoce muchas cosas que han ocurrido en El Guayacal.

— Tienes razón Magda. Perdóname, muchacho. ¿Lograste ver quién se llevó a tu hermano?

— Sí, una bestia que nos siguió entre los árboles. También se sentía un fuerte olor a…

— ¿Muerto? —interrumpe de nuevo don Diógenes.

— Sí, como a muerto. ¡Y esa cosa no tenía cabeza!

— Era él, Diógenes. Aún sigue matando a inocentes en ese camino —murmuró doña Magda, persignándose.

— ¿Hablan del sacerdote? —preguntó Samuel, agitado.

— ¡Sí, del padre Paco… que aún está penando después de su muerte! —exclamó don Diógenes.

— Necesito regresar allí. Él se llevó a mi hermano. ¡Hay que buscarlo!

— ¡Olvídalo, muchacho! Tu hermano ya fue llevado al infierno por el espíritu maligno del padre Paco —gritaba don Diógenes, tomándolo fuertemente de los hombros, haciéndolo estremecer.

— ¡No! ¡Yo regresaré a ese maldito sendero y encontraré a mi hermano!

Samuel no entraba en razón a pesar de las advertencias de don Diógenes. El carpintero se levantó y caminó hacia la hornilla sirviéndose un poco de café mientras sus manos temblaban.

Su esposa se acercó a él, alejándose un poco de donde estaba sentado el joven desesperado.

— ¿Qué piensas, Diógenes? ¿Crees que sean ellos los…?

— Puede ser, Magda. Pueden ser ellos. Reconozco ese rostro —respondió un poco confundido.

A Samuel lo intrigaba lo que ambos aldeanos conversaban a solas.

— ¿Qué pasa? ¿Debo saber algo?

Don Diógenes se acercó a él, sosteniendo su vieja taza de café.

— Sebastián y tú… ¿eran hermanos gemelos?

— Sí. ¿Cómo lo sabe?

Doña Magda y Diógenes se miraron uno al otro.

— Creo que es mejor que hables con doña Cheba. Dile que Diógenes te envió. Ella te puede contar todo lo que realmente debes conocer de ese lugar. Búscala en el rancho detrás de la casa de Silverio Corrales. Puedes preguntar. Todos aquí conocen ese lugar. Ella es una anciana y está muy enferma; una señora cuida de ella.

— Pero, ¿por qué tendría que hablar con esa señora?

Diógenes lo miró fijamente.

— Porque en su cabaña… fue donde encontraron el cuerpo decapitado del padre Paco aquella noche.

Un rayo cayó estrepitosamente en ese momento como señal de que la tormenta mantendría al joven encerrado en la cabaña el resto de la noche.

— Puedes quedarte con nosotros. Este temporal durará hasta mañana —propuso don Diógenes viendo a Samuel temblar asustado.

A la mañana siguiente, luego de que cesara la tormenta, el sol volvió a mostrar la palidez de El Guayacal.

Antes de abandonar la cabaña, el retrato de un joven que colgaba en la pared llamó la atención de Samuel.

— Disculpen mi curiosidad, pero, ¿el joven que aparece en esta fotografía es su hijo?

En ese momento los ojos de don Diógenes y su esposa Magda se inundaron de lágrimas mientras el viejo carpintero sostenía el retrato.

Samuel se dio cuenta de su imprudencia.

— Tranquilo, no tienes que sentirte apenado— dijo Don Diógenes—. Era nuestro hijo Salvador, quien murió hace veinte años, cuando fue incendiada la iglesia Santa Bárbara de Los Milagros. Su cuerpo totalmente incinerado fue encontrado oculto dentro del confesionario. Quizás en su desesperación de ver consumirse la iglesia por el fuego y no poder salir, se refugió allí.

— ¿No pudo salir dice? ¿Por qué no pudo escapar?

— Después del incendio, descubrimos que los portones de la iglesia fueron trancados intencionalmente desde afuera. Esa noche, el asesino del padre Paco fue el mismo que cegó la vida de nuestro hijo Salvador. El maldito algún día pagará por su culpa, aunque eso jamás nos lo devolverá —terminó diciendo don Diógenes, compungido por el amargo recuerdo.

Luego de aquel relato, Samuel Sánchez fue en busca de la anciana de quien le hablara el carpintero. Al llegar, fue recibido por Casilda, una mujer que por caridad ayudaba a los ancianos y a los enfermos del pueblo.

— ¿A quién buscas? —preguntó Casilda, extrañada por la presencia del joven.

— Me dijeron que aquí vive doña Cheba. Necesito hablar con ella.

— Disculpa, doña Cheba no puede atender a nadie. Se encuentra muy enferma —respondió Casilda con la puerta entreabierta, dejando ver solo el brillo de sus pupilas.

— ¡Pero es importante que hable con ella! —insistió—. Anoche me ocurrió algo muy extraño camino al cerro Abadón, y dijeron que ella…

— Déjalo entrar, Casilda —interrumpió la voz de una anciana—. Entra y acércate.

Era Doña Cheba. Se hallaba acostada sobre una vieja cama, abrigada con una sábana hecha de retazos raídos. Muy lentamente extendió sus temblorosas manos pidiendo a Samuel que se acercara un poco más a ella.

— Doña Cheba, no quería molestarla –le susurró al oído—. A mí y a mi hermano Sebastián nos pasó algo terrible en el camino del cerro Abadón.

Doña Cheba tomó su mano.

— Antes de que me cuentes… déjame ver tu rostro… quiero saber quién es este joven atemorizado que viene a visitarme —decía la anciana muy lentamente con su frágil voz.

Samuel se arrodilló al pie de la cama. La luz de

la lámpara que estaba sobre una vieja mesita iluminó su rostro.

— ¡Dios mío, regresaron! —exclamó doña Cheba al ver la cara de Samuel—. Sabía que el destino… los traería de regreso a este lugar… donde los vi nacer.

Samuel quedó desconcertado por lo que escuchó decir a doña Cheba.

— No entiendo lo que quiere decir, señora. Quizás me confunde con otra persona. Mi hermano y yo no nacimos en este pueblo.

— No… yo no olvido nunca un rostro… son ustedes… Sí, sabía que volverían a El Guayacal. Pero, ¿dónde está tu hermano? —preguntó exaltada.

— Don Diógenes dice que fue llevado al infierno por el padre Paco. Cuando cruzábamos accidentalmente por el llamado sendero maldito, mi hermano fue arrastrado por un ser extraño que nos seguía.

La anciana cerró sus ojos, y apretó la mano de Samuel.

— Pero aún no entiendo, ¿qué tiene que ver lo que nos ocurrió en el sendero prohibido, con lo que me está diciendo?

— Mucho. Solo a ustedes les podía contar la verdad de lo que ocurrió realmente aquella noche —dijo inquietante la anciana—. Por eso Diógenes te envió a hablar conmigo.

— ¿Ese lugar tiene algo que ver con nosotros?

— Sí, y no tienes idea de cuánto. El padre Paco no murió como todos piensan —decía pausadamente doña Cheba—. Cuando el padre Paco llegó a este pueblo, conoció a una hermosa mujer. Su nombre era Agnes y trabajaron juntos en la iglesia por varios años. El padre Francisco fue muy bueno con Agnes. Le dio un hogar en la iglesia y la adoptó como parte de su familia. Con el tiempo, esa mujer se enamoró del sacerdote y él de ella. Pero una noche, escondida detrás de unos arbustos, Agnes fisgoneaba al padre Francisco a través de la ventana de su cuarto y fue sorprendida por una malvada hechicera que por muchos años ha llenado de terror este pueblo.

— ¿Murgabia? —interrumpió Samuel.

— Sí, ella conocía la atracción que la joven sentía por el párroco y la relación pasional que ambos tenían por varios años. Agnes le rogó que nunca revelara su secreto, así que Murgabia la amenazó con delatar su pecado ante todos si no le aceptaba una petición.

— ¿Petición?

— Sí. Le pidió que acabara con la vida del padre Paco y lo despojara de una poderosa cruz que perteneció a un gran guerrero, Changüira Verceo. Y que al tenerla en sus manos la destruyera. Murgabia sabía que el misterioso amuleto aún existía. Tenía que hacerlo desaparecer de alguna forma.

— ¿Y Agnes aceptó?

— No. No accedió a tal petición, por esa razón Murgabia levantó su ira contra ella llamando a los esbirros del averno para que entraran en su cuerpo. Sus verrugosas manos la tomaron por el cuello clavando las punzantes y largas uñas que casi penetraban su yugular. Los ojos de Murgabia se tornaron de color negro como el ébano mientras gritaba: "¡Condénala, oh señor de las tinieblas, ocupa su alma, entra en su cuerpo y hazla tuya!" Su fuerza fue tal que la lanzó a varios metros de donde se encontraba. Luego de haber cumplido su perverso fin, la hechicera desapareció entre la niebla. Agnes logró llegar hasta mi cabaña casi arrastrándose pidiendo ayuda. Pero era demasiado tarde... el demonio se había apoderado de su alma y me pidió que buscara al padre Paco porque era el único que podía ayudarla...

Doña Cheba toma aire, bebe agua y suspira para retomar las fuerzas. La emoción es muy fuerte. Luego de un rato, continuó su relato.

— Fui en búsqueda del padre y al volver, Agnes era otra. Sus ojos sangraban y sus pupilas estaban dilatadas. Yo estaba en la presencia del mismo demonio. El padre Paco tomó su pequeño frasco con agua bendita vertiéndola al cuerpo de la mujer convertida en bestia que se retorcía en el suelo. Traté de sostenerla y de un golpe me tiró con tanta fuerza a un lado de la habitación que me dejó inconsciente por minutos. Al despertarme, el padre tenía su cuerpo totalmente desnudo pero aún se mantenía en pie. Observé cómo el sacerdote le ponía a Agnes un crucifijo de plata en la frente. Era la gran cruz de Verceo. Sí, allí estaba. Se podía percibir su gran poder, el que temían los más poderosos demonios del infierno.

— "¡Omnis immundus spiritus, omnis satánica potesta!", gritaba el padre Paco mientras realizaba el ritual de exorcismo… "¡Fuera, Satanás, fuera de este cuerpo… Sal de allí te ordeno en nombre de Cristo el hijo de Dios!" Los ojos de Agnes y su rostro de aspecto malévolo eran evidencia de que estaba poseída por un ser infernal... "¡Trata de sacarme de este cuerpo maldito, mal nacido!" Seguía gritando Agnes con una voz extraña que salía de su interior. Aquel engendro acercó su rostro al de él...

Otra vez las fuerzas de la anciana parecen abandonarla por la emoción, pero tose dos veces y retoma la historia.

— "¡Te quemarás conmigo en el infierno por todos tus pecados hijo de Satán, falso servidor de Dios!" Y se abalanzó hacia el padre haciéndolo caer. La endemoniada Agnes salió apresuradamente de la cabaña. Afuera continuaba enfurecida la tormenta. El padre Paco trató de incorporarse pero le era imposible.

Otra pausa para tomar aire. Samuel temía que tanta agitación sea perjudicial para la mujer, pero ella le tomó una mano y le aseguró que era algo pasajero.

— La maligna presencia había regresado sosteniendo con sus manos una oxidada hacha. Yo seguí viendo todo aún sin comprender si lo que estaba ocurriendo era una pesadilla... pero no... era real. El padre, aterrado, tomó el crucifijo y mientras se arrastraba tratando de alcanzar su Biblia al pie de la cama, ella levantó el hacha con un gesto desafiante, diciéndole: "¿Crees que esa cruz te va a salvar, maldito? Solo a los descendientes de Changüira Verceo puede proteger con su poder. ¡Es mejor que le digas a tu Dios que haga el milagro de salvarte!". El padre Paco apretó la cruz cerrando sus ojos llenos de sufrimiento y de culpa. "¡Perdóname, Señor… si te he fallado… perdóname Germán!", pidió, arrodillado frente a la imagen del Cristo crucificado que colgaba en la pared de mi cabaña. Los relámpagos iluminaban la habitación a través de las ventanas, cual testigos de aquella escalofriante sentencia al siervo de Dios. Ella se colocó detrás de él diciendo estas palabras… "¡Es hora de que regreses a donde siempre debiste estar, inmundo sacrílego… al mismo infierno!"

Doña Cheba volvió a llevarse el vaso a la boca y tomó dos sorbos de agua, mientras Samuel parecía tragarse cada una de sus palabras.

— En ese instante, Agnes, con su filosa arma mortal, atravesó la garganta del padre dejando una estela de sangre que viajó en el aire hasta caer al suelo. Vi cómo la cabeza abandonaba el cuerpo sin vida del párroco. Al mismo tiempo ella desfalleció y su semblante maligno empezó a desvanecerse. Su macabro rostro recuperaba su belleza. Cuando recobró la conciencia y comprendió que había sido liberada del mal que llevaba dentro, Agnes vio su atroz crimen.

No recordaba nada. En su desesperación, tomó el crucifijo y la cabeza del cura envolviéndola sobre una sábana. Salió de mi cabaña en medio de la tormenta. Se adentró a la sombría y oscura maleza, cargándola sobre sus brazos, tratando de ocultarla o quizás enterrarla en algún lado. La seguí para ver hacia dónde corría. A su paso, se encontró con una mujer. Me escondí detrás de unos matorrales. Aquella mujer era la bruja Murgabia, quien le arrebató de sus manos la cabeza del padre Paco. Agnes huyó desesperada. Vi cómo la hechicera colgaba la cabeza sosteniéndola en su mano y maldiciendo al sacerdote. Lo condenó a penar por toda la eternidad en el sendero del cerro Abadón, el lugar que todos conocemos como el camino prohibido. Murgabia había acabado con lo único santo que quedaba en El Guayacal. Al menos era lo que todos creíamos acerca del padre...

Doña Cheba cerró sus ojos inundados en lágrimas, respirando con dificultad.

—— ¿Doña Cheba, qué más hizo esa bruja que usted sabe? ——preguntó ansioso Samuel.

La anciana abrió sus ojos muy lentamente.

— Aún recuerdo el cuerpo decapitado del padre Paco como si hubiera sido hoy. Su pecado lo llevó a pagar un gran precio… con su propia vida.

— ¿Y su cabeza dónde está? —preguntó Samuel.

— Muchos en este pueblo creen que fue enterrada en un abandonado cementerio al otro lado de las montañas —proseguía doña Cheba—. En el lugar donde fue sepultada, una joven a quien llamaban la hija del Diablo… Hipólita Carvelo Santos. Eso es lo que dicen.

— Entonces, ¿Agnes pagó por su crimen?

— No, no había rastro de quién pudiera haber cometido el asesinato. Yo guardé ese secreto.

— ¿Y Agnes regresó?

— Sí, casi nueve meses después del crimen del padre, regresó a mi cabaña. Estaba embarazada a punto de parir y le serví como partera. Recuerdo haber recibido a dos bellas criaturas. Cuando cumplieron tres años, ella los dejó conmigo para que los cuidara. Dijo que no podía criarlos, ya que su pasado la perseguía. Era imposible para ella vivir con esa culpa de haber tenido aquellos dos hijos con el sacerdote.

Nunca más la volví a ver. Con el tiempo supe que se había casado con un hombre bueno tratando de rehacer su vida y que vivían al otro lado del pantano Changüira.

— ¿Y qué ocurrió con sus hijos?

— Tristemente tuve que entregarlos a una familia en San Morro cuando cumplieron cinco años. A mi edad y en mis precarias condiciones no era justo para ellos el que vivieran conmigo.

— ¿Los entregó en San Morro? Mi hermano y yo crecimos allá.

— Sí, lo sé. La mujer poseída que mató al padre Paco esa noche hace veinte años… era tu madre. ¡Tú y Sebastián son los hijos de Agnes y del padre Paco!

El joven enmudeció al escuchar la inesperada confesión de la anciana.

— El espíritu de tu padre seguirá penando por aquel sendero, llevándose al infierno a todos los que pasen por allí tal como le sucedió a tu hermano.

—Y mi madre, Agnes, ¿dónde puedo encontrarla?

— Es imposible, hace unos años ella y su esposo fueron encontrados muertos dentro del pantano.

— Ambos murieron apuñalados. Gran parte de los cuerpos habían sido devorados por los cuervos y los coyotes. Nunca se encontró al culpable de sus muertes. Luego abandoné mi hogar porque me aterraba escuchar cada noche el espíritu del padre rondar por mis terrenos, muy cerca del cerro Abadón. Vine a vivir aquí gracias a la caridad de don Silverio.

— ¿Y la iglesia Santa Bárbara de Los Milagros, quién la incendió?

— Nadie sabe, hijo, siempre será un misterio.

— ¿Y por qué no le contó a nadie lo que ocurrió con mi madre?

— ¿Piensas que alguien creería mi historia? Pensarían que son ideas locas de una pobre vieja. Así que decidí callar y mantener este secreto.

— Y don Diógenes, ¿por qué lo sabía?

— Porque él y su esposa Magda me ayudaron el día en que la madre de ustedes los parió.

Samuel tomó las manos de la anciana.

— Quiero creer en usted, doña Cheba, cada palabra. Pero tengo una inquietud que me agobia. ¿Cómo sabe cada detalle de lo que ocurrió con Agnes? ¿Cómo no pensar que toda esta historia es un invento suyo?

La anciana se alzó con lentitud sobre su catre.

— Porque Agnes, ¡era mi hija!

Samuel cambió la expresión del rostro al escuchar tal confesión.

— Si es así… entonces, ¿usted es mi abuela?

— Sí, Samuel… Sebastián y tú son mis nietos. Por eso quise que ustedes estuvieran fuera de este maldito lugar.

— ¿Qué hago entonces, doña Cheba… abuela?

— ¡Huir! ¡Vete de El Guayacal y no vuelvas más! Sálvate, y no regreses al camino prohibido. El padre Paco ya mató a tu hermano y seguirá matando sin piedad.

Una sombra se asomó a través de la ventana. Pero rápidamente se desvaneció.

— ¿Qué fue eso? ¿Quién era? —preguntó Samuel

— Es Murgabia, me vigila todo el tiempo.

— ¿Y qué busca en usted esa hechicera?

— No puedo hablar de eso ahora. ¡Vete, Samuel, vete! ¡Ella ya sabe que estas aquí! Hay cosas que no debí decirte.

— Ya tienes que retirarte, muchacho; doña Cheba está muy cansada —advirtió Casilda mientras ayudaba a la anciana a recostarse de nuevo.

— Tiene razón, es mejor que descanse. Gracias por confiar este secreto que significa mucho para mí y sé que lo hubiera sido también para mi hermano.

Samuel regresó a su cabaña. Esa noche no pudo dormir, pensando en la espeluznante tragedia de su hermano y la revelación de doña Cheba. Aún podía recordar la aterradora sombra de la bestia y su desagradable hedor.

Al amanecer, Samuel Sánchez partió, dejando atrás el maldito pueblo de El Guayacal.

Mientras caminaba atravesando el inmenso bosque Changüira, repentinamente escuchó un ruido que salía detrás de los árboles. Detuvo su andar y observó de un lado a otro buscando de dónde provenía el extraño crujido. Una blanca y densa niebla lo envolvió vertiginosamente, dejándolo inmovilizado por segundos.

— ¿Por qué huyes tan rápido? —preguntó una voz siniestra de mujer.

— ¿Quién eres tú? ¿Qué quieres de mí? —titubeó Samuel, mientras preguntaba.

— ¿No me recuerdas? He estado en tus pesadillas, Samuel. No te dejé dormir aquella noche, ¿lo olvidaste? —su irónica risa revelaba al joven su identidad.

— ¡Debes ser esa hechicera de la que todos hablan en El Guayacal!

— Me doy cuenta de que doña Cheba, perdón, tu abuela, no se guardó nada… ¡hijo del pecado!

— ¡Eres Murgabia! –exclamó Samuel.

— Así es, existo. ¿Los asustó mucho tu padre aquella noche en el camino prohibido? —preguntó mientras hacía su mueca burlona.

— Maldita, ¿dónde está mi hermano Sebastián?

— ¿Me preguntas a mí?

— Eres más despreciable de lo que todos cuentan, Murgabia.

— ¿Más despreciable que tu pecadora madre? No lo creo. ¡En este momento están revolcándose los dos en el infierno!

— ¡Tú engañaste a nuestra madre con tus diabólicos conjuros! —protestó Samuel tomando valor para enfrentar a la hechizera.

—¡Sé que tú profanaste la tumba de nuestro padre, llevándote su cuerpo y su cabeza! ¡Lo convertiste en esclavo de tu maldad!

— ¿Nunca te han dicho que hablas demasiado, Samuel? —gritó la hechicera, con el rostro oscurecido, envuelto en su infernal manto negro—. ¿Quieres volver a encontrarte con tu hermano Sebastián y tu maldita madre?

Samuel giraba como si un tornado hubiese cobrado vida, absorbiéndolo dentro de sus fauces, haciéndolo desaparecer del lugar sin dejar rastro alguno. Murgabia, había acallado su voz… para siempre.

Después de aquel día, no se habló más de los hermanos Sánchez. Algunos pensaron que Samuel había abandonado el pueblo sin explicación alguna después de la muerte de su hermano.

Pero aún se escondían secretos en este pueblo y muchos de ellos estaban por revelarse… no muy lejos de allí.

La creencia de la maldición del padre Paco por el camino prohibido se mantuvo por muchos años.

La bruja Murgabia continuaba llenando de miedo y de terror a quienes intentaban cruzar sus dominios después de ocultarse el sol.

Mientras tanto, el bosque Changüira estaba a punto de ser testigo de otro escalofriante suceso bajo la niebla de El Guayacal.

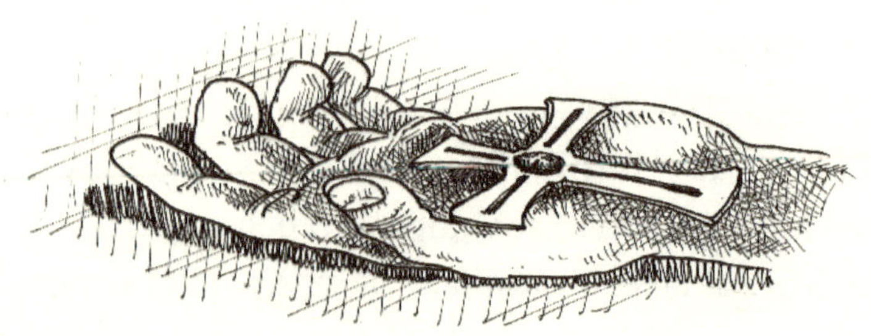

5

SECRETOS OCULTOS

— ¡Alan, despierta!

Escuchaba la voz como viniendo de lejos, mientras retornaba de mi letargo mental, provocado por los ojos del gato.

— ¡Despierta, Alan! —seguía repitiéndome la anciana hasta hacerme recobrar el conocimiento.

Abrí los ojos lentamente, y ella seguía frente a mí de una manera muy intimidante.

— ¿Lo viste todo, Alan? —me preguntó, sonreída.

—Sí, señora, lo vi todo —contesté aún temeroso por su presencia.

— ¿Quieres saber más, o prefieres regresar a los brazos de tu abuelita Ágatha? —preguntaba con esa risa disimulada que me atormentaba.

— La verdad, quiero saber más, pero tengo algunas preguntas sobre lo que contó del padre Paco.

— Pensé que lo harías, siempre estás atento a los "secretos ocultos" de cada relato.

Eso me encanta de ti.

No estaba seguro si me decía todas esas cosas para hacerme sentir cómodo y que me quedara más tiempo con ella. Pero la verdad, ¡qué diablos!

— Hay algo que me intriga de usted —le dije

La anciana no pudo ocultar su asombro.

— ¿Sí? ¿Qué cosa?

— ¿Cómo conoce con detalle lo que ocurrió en cada uno de sus relatos sobre este pueblo?

— ¡Ya es hora de que te vayas, muchacho! —y al decir eso trató de incorporarse de su vieja mecedora.

Era evidente la incómoda situación que le hizo sentir mi inesperada interpelación.

Sujeté su brazo fuertemente haciéndola detener su impulso por levantarse.

— ¿Qué crees que haces, Alan Sambrano? ¡Suéltame!

— Dígame, señora, ¿qué secreto esconde, quién es usted y cómo sabe tanto de El Guayacal?

— No tengo por qué aguantar tus majaderías, niño, ¡lárgate de mi cabaña ahora mismo! —hablaba enfurecida, zafándose de mi mano.

En ese momento no tuve otra opción que arrebatarle el gato de sus brazos. Lo tomé por el cuello apretándolo fuertemente.

— ¿Qué hay dentro de ese baúl? ¡Dígame! ¿Qué esconde dentro de él? —grité, desesperado.

— ¿Pero qué me pasa? —me preguntaba en mi mente—. ¿Qué clase de locura estoy haciendo?

La anciana volvió a sentarse lentamente, mientras su carcajada rechinaba en mis oídos.

— ¿Vas a matar a mi pequeño gato? Tienes instinto asesino, jovencito… Eso me encanta. Empezamos a conocernos mucho mejor.

No podía creer lo que estaba haciendo con el gato. ¿Cómo podía hacerle daño a ese pequeño animal? Seguía analizando la estupidez que cometía, sin entender. Mi desesperación empezaba a asustarme.

Fui liberando al gato muy suavemente hasta ponerlo en el suelo. No titubeó en regresar a los brazos de su dueña.

— Calma, Alan, no te preocupes, entiendo tu impaciencia —me decía muy pausadamente mientras acariciaba su consentido felino.

Me mantuve callado mirándola con mis ojos abiertos sin pestañear. No podía salir del asombro por la actitud extraña que adopté. Y ella lo sabía, estaba seguro de eso.

— ¿Has escuchado que los gatos tienen nueve vidas, Alan?

— ¿Por qué me pregunta eso ahora? —me decía a mí mismo.

— Sí, sí, señora —contesté casi balbuceando.

Sentí que había regresado como al principio. El valor que tomé por un momento se esfumaba. Volvió el hormigueo sobre mi cuerpo y nuevamente tartamudeaba en mis respuestas.

— ¿Aún quieres saber quién soy yo realmente? ¿Quieres saber qué hay dentro de ese baúl, Alan Sambrano? ¿O quieres saber quién eres tú, realmente?

Aunque no lo crean, cuando la anciana me hizo aquella pregunta, pude ver dibujada una macabra sonrisa en el rostro del gato.

— La verdad, ya no, señora —contesté cabizbajo como disculpándome ante ella.

— Me parece bien, Alan, es mejor olvidar ese pequeño "secreto oculto". ¿No es verdad, mi pequeño gatito?

— ¡Maldita curiosidad! —me dije. No podía largarme de allí sin antes saber cómo terminaba la historia de este pueblo. No me perdonaría jamás aceptar una revelación a medias. Pero, ¿por qué enfatizó tanto esa frase… la del secreto oculto? ¿Y por qué dijo saber quién soy yo realmente? Mi cabeza daba vueltas con tantas intrigas que salían de la pestilente boca de la anciana.

Los ojos del gato se apoderaban una vez más de mi mente. La sensación era inquietante, pero valía la pena soportarlo.

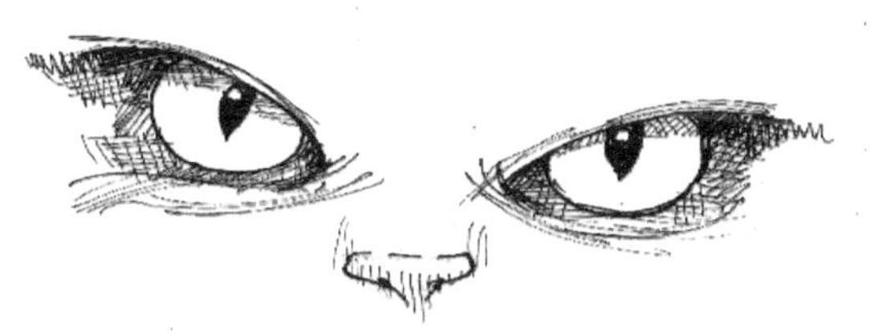

6

LA MUÑECA DE ÑECA

—¡Ñecaaa, maldita niña del demonio! ¿Dónde te has metido?

Se escuchaba el eco de los gritos de Clementina Salazar entre los árboles torcidos del sombrío bosque Changüira en el pueblo de El Guayacal.

—¡De seguro debes estar abrazada a tu asquerosa muñeca como siempre! ¡Maldigo el día en que la encontraste! ¡Solo pierdes el tiempo escondiéndote entre el lodo y el estiércol!

Allí estaba ella, la pequeña Ñeca, de diez años, oculta en un escondrijo entre los arbustos que bordeaban el viejo árbol de ciprés. Su traje desgarrado lograba apenas tapar sus pies descalzos y arrugados por la humedad perenne del bosque. Los rayos de luz que se colaban entre las ramas, mostraban su angelical rostro, sucio y descuidado. Diariamente escapaba de su malvada tía, quien se hizo cargo de ella cuando perdió a sus padres teniendo apenas cincos años. Vivía abrazada a una deteriorada y vieja muñeca, día y noche, como refugio de los miedos que marcaban su vida carente de amor y buenos tratos.

—No nos va a encontrar, nunca —susurraba Ñeca mientras apretaba la muñeca en sus brazos.

Detrás del árbol donde se ocultaba Ñeca, de forma sorpresiva salieron unas manos que halaron fuertemente su cabello.

— ¡Con que aquí estás escondida de nuevo, mugrosa!

Clementina la tomó salvajemente del brazo arrastrándola hasta la cabaña.

— ¡Te mandé a buscar leña, y como siempre, te pierdes en ese repugnante bosque! ¿Sabes qué voy a hacer un día? Tiraré a tu cochina muñequita al fuego. ¿Escuchaste Ñeca? ¡Al fuego!, para que dejes de perderte todos los días y te pongas a trabajar, ¡holgazana!—gritaba, mientras seguía tirando del brazo de la pequeña hasta llegar a la cabaña.

Ñeca, aterrada, logró soltarse de las manos de Clementina, ocultándose debajo de su cama, sin deshacerse de su muñeca.

— No nos hará nada. No te preocupes, yo te

protegeré de mi tía —masculló la niña.

Clementina se asomó debajo de la cama.

— ¿Sigues hablando sola con esa muñeca del diablo? Ya verás cómo me deshago de ella, niñita. Y otra cosa, no me digas tía, y mucho menos delante de la gente. Tu madre nunca fue una verdadera hermana para mí, la detestaba, era una vagabunda. Me recuerdas tanto a ella… y me alegra que haya muerto.

Clementina, continuaba sus reniegos mientras se servía café de una vieja olla.

—Era un estorbo y nunca fue una buena madre para ti. Consentía todas tus malcriadeces.

Asustada, Ñeca observaba cómo se movían los repugnantes pies de su tía de un lado a otro. Escuchaba cada palabra mientras seguía debajo de su cama hecha de viejos troncos.

—Esta noche te quedas debajo de tu cama y no intentes dormirte, porque puedes despertar sin tu muñequita —decía en forma intimidante.

Ñeca se mantenía debajo de la cama con su cuerpo inmóvil sobre la tierra húmeda y helada de la vieja cabaña.

—No vamos a dormirnos, no vamos a dormirnos, no vamos a dormirnos —repetía el susurro durante toda la noche.

La mañana caía sobre el Changüira y el sol se adentraba por los pringosos ventanales de la cabaña, iluminando el somnoliento rostro de Ñeca, quien aún se mantenía debajo de su cama, hasta descubrir que su muñeca no estaba a su lado.

Se arrastró tratando de salir lo más rápido posible de su refugio. Al mirar hacia el fogón, vio a Clementina sosteniendo su muñeca a punto de lanzarla hacia las ardientes llamas.

— Te dije que no te durmieras, Ñeca —decía en un tono burlesco.

— No lo haga, tía, no lo haga, démela por favor.

— Te dije que no me digas tía. ¡Tu asquerosa muñeca estará donde siempre he querido… entre las cenizas!

Ñeca trataba de detenerla. Con una mano Clementina la tomó del brazo impidiendo que alcanzara su muñeca. Con la otra, la sostenía cerca del fuego.

— ¿Quieres tu muñeca, Ñeca?

— Sí. No me la tire por favor, Clementina.

— ¡Pues entonces tómala!

La muñeca cayó al centro del fogón. El llanto de Ñeca era inconsolable, mientras una inmensa sonrisa se dibujaba en el rostro de Clementina.

De pronto, un inesperado grito de sufrimiento salió de entre las llamas.

— ¡Maldita, malditaaa!

Las llamas se levantaron llegando casi hasta el techo.

Clementina no podía moverse, viendo la inmensa llamarada que emergía del rústico brasero.

— ¡Fuiste tú quien me maldijo!

— No fui yo, Clementina —aclaró Ñeca.

— ¡Entonces fue tu muñeca! ¡Está embrujada, lo sabía!

El grito era cada vez más ensordecedor. Como si vinieran de las entrañas del infierno.

Clementina tomó una tinaja con agua y la tiró al fuego logrando extinguirlo.

— ¡Todo esto ha sido tu culpa, Ñeca, tuya y de

tu infernal muñeca!

La pequeña logró sacar la muñeca de entre las cenizas y corrió rumbo al bosque. Su tía intentó contener su huida, pero prefirió dejarla escapar.

— Lárgate Ñeca, piérdete y no regreses — gritaba llena de odio y soberbia mientras la observaba adentrarse en el bosque—. ¡Ojalá te pudras!

Ñeca corría incansablemente a través del fangoso lugar. Se mantuvo escondida debajo del viejo árbol de ciprés. Al caer la tarde, ya había recobrado sus fuerzas para seguir su huida. Llegó hasta el borde de un precipicio donde podían verse las temibles aguas del caudaloso río Cabral.

Ñeca se tropezó accidentalmente con una roca y quedó sostenida de una mano, colgando de la orilla del precipicio, mientras la otra sostenía su muñeca. Sus gritos de desesperación se perdían a través del viento.

La niebla envolvía los árboles del oscuro bosque y dentro de ella apareció la hechicera Murgabia, frente a los ojos de Ñeca. La vil mujer contemplaba la desesperación de la pequeña por evitar la caída.

— No quieres morir, ¿verdad, Ñeca?

— ¡No, señora, ayúdeme, no quiero caer! —pedía desesperada a la mujer, sin saber de quién se trataba.

— ¿Por qué no le dices a tu Dios que te salve, niña estúpida?

Ñeca reconoció el sombrío rostro de la diabólica hechicera.

— ¡Sé quién eres, mi madre siempre me habló de ti, malvada bruja! —gritaba Ñeca, mientras sus manos se escurrían sobre las rocas del empinado despeñadero.

— ¿Tu madre? ¿La mujer que abandonó a tus hermanos por huir de la vergüenza por parir dos hijos de un sacerdote?

— ¡Mientes! Mi madre era incapaz de hacer algo así. ¡Eres una mujer cruel, Murgabia!

— No soy tan malvada como dicen, mi pequeña niña — dijo Murgabia hablándole en un sutil tono mientras le extendía su mano—. ¿Quieres que te ayude, Ñeca? ¿Deseas que te salve de morir?

La angustia, el miedo y la desesperación empezaban a dominar la mente de la pequeña. Imágenes de crueldad y una vida inhumana que había llevado todos esos años junto a Clementina pasaban sobre su mente. En ese momento escuchó una leve voz que salía del interior de su muñeca, como si la brisa le hiciera llegar las palabras a sus oídos. Ñeca cerró sus ojos, extendió sus brazos lentamente como ave abriendo sus alas para emprender el vuelo... y cayó al vacío.

La luna llena la iluminó y los árboles del bosque Changüira que la cobijaron todos esos años, la despedían con el agitar del viento. Caía como una hoja despegándose de su rama a la llegada del otoño. Su cabello cobrizo, largo y desaliñado, ondeaba como banderines en señal de triunfo después de una mortal batalla. Una batalla de dolor y odio que vivió por años.

Ñeca desaparecía como un punto en el infinito... al igual que su inseparable muñeca. Mientras que Murgabia se regocijaba por su muerte...

— ¡Niña estúpida! —exclamó.

Caía la noche. Clementina, cubierta con una manta de lana y sosteniendo una taza de café, conversaba con Manuela Contreras, su vecina.

— ¿No piensas buscar a Ñeca? —preguntó Manuela—. ¿No te preocupa que algo le haya pasado? Recuerda que el bosque Changüira es peligroso y más a estas horas.

—La verdad, me importa poco lo que le ocurra a esa niña. Corrió como una cobarde sin importarle si me freía en el fuego que ella misma provocó. Casi hizo que perdiera esta casa.

—¿Ñeca? ¿Estás segura, Clementina? Ñeca puede ser una niña callada y hasta extraña, pero no creo que haya sido capaz de provocar tal cosa.

—¿Extraña y callada, dices? Loca es lo que está. Tienes que escucharla cómo habla con esa muñeca. Cada noche le susurra cosas como si estuviera viva. Todos los días ambas se ocultan debajo de un árbol dentro del Changüira.

—¡Pero solo tiene diez años! Las niñas de su edad suelen tener a sus muñecas como si fueran hermanitas o amigas de juego —decía Manuela—. Además, ha sido su compañía desde que murió la madre… tu hermana.

—No, Manuela, esa muñeca tiene algo extraño y diabólico. Muchas veces he visto cómo sus ojos se mueven siguiendo cada uno de mis pasos dentro de esta cabaña. Otras veces la he lanzado muy lejos de aquí y a las pocas horas está de vuelta frente a mi puerta.

— ¿Sabes dónde la encontró? —preguntó Manuela.

— Sí. Apareció el mismo día que enterramos a su madre. Fue esa noche —recordaba Clementina—. Volvía con Ñeca del cementerio, camino a la cabaña por el sendero del bosque. Los aullidos de unos coyotes detuvieron nuestro trayecto. Le dije a Ñeca que se apresurara, que era muy peligroso caminar por ese lugar a esa hora. Allí estaba el árbol del que te hablé, el de ciprés, y a un lado de sus salientes raíces que parecían garras, estaba esa muñeca. Cuando ella la tomó en sus brazos... los aullidos cesaron. Desde entonces ha sido lo único a lo que le habla...

Los fuertes golpes en la puerta interrumpieron el relato. Manuela abrió la puerta. Era Augusto Fonseca, un joven tartamudo que vivía a orillas del río Cabral.

— Pe-pe-perdonen que venga a inte-terrumpir a estas horas, pe-pero esto lo encontré a orillas de-de del río y pensé que po-podría ser de la sobrina de la se-señora Clementina —decía Augusto mientras mostraba un trozo de tela del vestido de la muñeca de Ñeca manchada con sangre.

— Ven, Clementina. ¿Es de su muñeca?   —pregunta

Manuela.

— No, no era la que usaba su muñeca.

— Gracias a Di-Dios. A su so-sobrina le gu-gus-ta estar muy cer-cerca del río, pe-pensé que…

— ¡No era de su muñeca! ¿Me escuchaste? —la respuesta de Clementina a Augusto fue grosera—. ¿Es que además de tartamudo eres sordo?

— Calma, Clementina, él solo quiere ayudar.

— Ñeca debe estar quién sabe dónde, burlándo-se de mí como siempre… Ojalá estuviera en el fondo del río — dijo en voz baja Clementina.

— ¿Dijiste algo? —preguntó Manuela

— No, no dije nada.

— Gracias, Augusto, por venir, ya puedes reti-rarte. Buenas noches y saludos a tus padres –dijo Manuela, tratando de calmar al joven tartamudo, quien se sentía intimidado por Clementina.

— Gra-gracias, señora Ma-manuela. Se-seguiré bu-buscando a la ni-niña Ñeca, a-adiós —y se retiró.

— Mejor entra, Clementina; hace mucho frío acá afuera. Pienso que debemos dar aviso al comisa-rio Rivas, para que inicie la búsqueda.

— No exageres, Manuela, ella regresará. La conozco más que cualquiera. De todas formas gracias por acompañarme. Ya puedes irte tranquila. Creo que entraré más tarde. La verdad, quiero estar a solas un momento.

— Te entiendo. Aunque no lo quieres demostrar, sé que estás preocupada por Ñeca. Estaré pendiente y recuerda que mi cabaña está cerca de aquí.

Luego de retirarse Manuela, Clementina permaneció afuera toda la noche, pensando en lo que había encontrado Augusto.

— Cuando traten de buscarte, Ñeca, la corriente del Cabral te habrá arrastrado muy lejos de aquí… para siempre —hablaba consigo misma mientras sostenía el pedazo de tela.

En ese momento, una brisa repentina empezó a agitar los árboles alrededor de la cabaña. Las aspas de un viejo molino giraban incesantemente mientras los cerdos de una porqueriza cercana se mostraban inquietos. El rostro palidecido de Clementina empezó a reflejar que algo extraño estaba ocurriendo.

— ¡Clementina… Clementina!

Una voz entrecortada y suave que salía del pantano

retumbaba en los oídos de la atemorizada mujer.

— ¿Qué le hiciste a mi muñeca, Clementina? — la voz continuaba susurrando, propagándose alrededor del lugar.

Clementina avanzó lentamente, penetrando cada vez más al interior del bosque.

— ¿Eres tú, maldita mocosa? ¿Quieres asustarme verdad? —preguntó, mirando de un lado a otro con una leve sonrisa fingida—. ¿Estás molesta porque quería quemar tu mugrosa mu-ñe-qui-ta?

La mujer se volteó y vio correr a unas niñas que jugaban a las escondidas detrás de los árboles riendo de una manera siniestra.

— ¿Con quién estás, Ñeca?

La inocente imagen se veía entre sombras; algo difusa. Clementina sonrió.

— ¿Quieres asustame, niña del demonio? Me imaginé que no habías muerto en el río. Eres como la mala hierba. Igual que tu madre.

— ¿Por qué querías quemar a mi muñeca, Clementina? ¿Por qué?

Clementina trataba de ver más clara aquella aparición,

la sombra de los árboles y los arbustos interrumpían su visión. Se acercó hasta estar muy cerca de ella.

— ¿Sabes qué voy hacer con ella cuando la encuentre? — le preguntó, soltando una carcajada.

La luz de la luna iluminó el rostro de la imagen que se transformaba en un ser macabro y espectral.

— ¡Ñeca no regresará con su muñeca, porque está muerta! —la voz de niña inocente cambió a un tono espeluznante.

— ¿Quién eres? —gritaba Clementina

— ¿No me reconoces? ¿No recuerdas a tu hermana?

— ¡No puede ser, eres tú! ¡Agnes!

Clementina se arrodillaba ante la súbita aparición de su hermana.

— No me hagas daño, mira lo que tengo —y suplicaba, tratando de huir, arrastrándose sobre el lodo fétido del bosque—. Mira, Agnes, todavía queda algo de la muñeca de tu hija, ella huyó, llevándosela en sus brazos.

Clementina tartamudeaba, mientras le mostraba el trozo de tela que le entregara el joven Augusto.

— Mi espíritu vivía dentro de esa muñeca — reclamaba Agnes—. ¿Sabes por qué? Porque así podía cuidar siempre de Ñeca, de tu maldad y tu odio. Por tu culpa estoy penando por este bosque. Pero al menos esto me dio la oportunidad de estar cerca de mi hija a través de ese pedazo de trapo, como siempre le llamaste.

En ese instante, los temibles y escalofriantes aullidos de coyotes se escucharon entre los árboles.

— ¿Recuerdas esos aullidos, Clementina?

— Sí, los recuerdo. Los mismos que escuché el día que Ñeca… encontró esa… cuando te encontró en este lugar.

— ¡Sí, son mis guardianes, Clementina! ¡Los mismos que acabarán contigo!

— No, no sabes lo que dices, Agnes.

— ¡Tú mataste a Ñeca, mataste a mi hija! Por huir de ti cayó al vacío, ahogándose en las aguas del Cabral!

— ¡Cállate, no digas más!

— ¿Recuerdas cómo contemplabas mi agonizante muerte? Me apuñalaste por la espalda hace cinco años en este mismo pantano.

— Esa bruja me obligó, ¡nunca quise hacerlo! Solo te pedí que me entregaras aquella maldita cruz que tenías. Murgabia quería que la desapareciera.

— ¡Mientes! Querías vender tu alma a la hechicera para tener inmortalidad y así vengarte de todos en este pueblo por lo que te habían hecho.

— ¿Cómo puedes estar segura de eso? —preguntó Clementina.

— ¿No recuerdas cómo esa muñeca que tanto detestaste te observaba todo el tiempo? Escuché cada encuentro que tenías con la bruja Murgabia. Así descubrí por qué acabaste con mi vida. ¿Ese era el pacto verdad? Pero no se cumplió tu plan, hermana. No obtuviste la cruz y jamás la tendrás para destruirla.

— ¡Fue culpa de Murgabia. Ella quería ese crucifijo!

— ¡Terminaste con mi vida, Clementina! ¡Así como también acabaste con la del padre de Ñeca, cuando trató de defenderme! ¡Mírame! No he podido descansar en paz. Aún no he sido perdonada por mis pecados y mis errores pasados.

La imagen de Agnes se aproximaba más a Clementina.

—¡No te acerques más, Agnes! Escúchame, Dios nos perdonará, ya verás, Él es misericordioso. Tú sabes que siempre fui la encargada del comité de la iglesia hasta que me echaron injustamente, pero eso aún me convierte en una elegida del Señor. ¿No crees, hermanita?

— ¡No, Clementina, nunca seremos perdonadas, ni las puertas del cielo se abrirán para nosotras! Yo estoy pagando ya por mi pecado y por haber abandonado a mis hijos Samuel y Sebastián. Ahora te toca a ti cumplir tu condena sobre este bosque que ha encubierto toda tu malignidad.

— No, ambas fuimos víctimas de Murgabia. De esa perversa hija del demonio. Ella maldijo todo este pueblo… y a ¡nosotras! —decía Clementina, mientras seguía arrastrándose sobre el suelo húmedo y maloliente.

Extrañamente, el bosque empezó a cubrirse de espesa niebla. Salía de todos los rincones envolviéndola por completo.

— ¿Ahora me culpas de todos tus pecados, Clementina? —preguntó aquella figura que empezaba a mostrarse ante ellas, revelando su identidad.

Era el espeluznante rostro de la muerte… el de Murgabia, cuyos cabellos largos ondeaban con la fría y escalofriante brisa que abrazaba el bosque Changüira.

— ¡Eres tú, Murgabia! ¿Qué haces aquí? ¡Regresa a tu infierno y déjame en paz! —gritó Clementina mientras sus ojos extasiados no podían creer lo que estaba frente a ella.

— ¿Por qué no le cuentas a tu hermana tus otros secretos? —decía, riendo, la hechicera, arrastrando su interminable y atemorizante manto negro.

— ¡Cállate, maldita bruja, cállate! —interrumpió Clementina.

— Cuéntale qué hiciste la noche de la muerte del padre Paco. Dile que tú quemaste la iglesia matando al hijo de Diógenes y que sellaste todas las salidas para que se friera adentro entre las llamas.

— ¿Es verdad lo que dice Murgabia, Clementina? ¿Tú incendiaste la iglesia? —preguntó Agnes al escuchar la revelación de la hechicera.

— Sí, hermana, Murgabia dice la verdad —admitió Clementina, frente a Agnes—. Lo hice para vengarme de todos aquellos que me creyeron loca y pensaron que mis reglas extremas, para mantener el respeto y la decencia en este pueblo, estaban por encima de la ley de Dios. Me echaron como a un perro callejero a pesar de haber dado mi alma por años a la parroquia. Pero, ahora, tendré vida eterna gracias a Murgabia.

—¿Cómo pudiste acabar con la vida de ese joven? —preguntó Agnes. ¿Ese fue también parte de tu acuerdo con esta ruin hechicera?

— Ese no era el plan. Pensé que Diógenes era el que estaba dentro de la iglesia ese día. Era él quien tenía que morir, ¡no su hijo! Murgabia dijo que Diógenes conocía muchos de nuestros secretos oscuros… y los de nuestra madre —confesó Clementina. Y que por tal razón, tenía que morir.

— ¿Creíste en las palabras de esta mujer? ¿Cómo pudiste dejarte engañar y cometer semejante atrocidad? ¡Te quemarás en el infierno hermana!

— Silencio, monstruoso engendro —interrumpió Murgabia—. Ni muerta eres capaz de controlar tu fastidiosa lengua.

— Ya obtuviste todo lo que querías de El Guayacal, Murgabia. Acabaste con la poca esperanza que había en este lugar. Tu poder no tuvo límites —decía Agnes mientras Clementina aprovechaba para ocultarse detrás de un árbol.

— ¡Poder que aprovechaste para seducir al padre Paco y parirle dos hijos! —contestó, desafiante, Murgabia.

— ¿De qué hablas, bruja?

— Ese padre era un pervertido y un ladrón. Bueno, la verdad utilicé de mi poder para que te enamoraras de él. ¿Fue algo perverso de mi parte, verdad Agnes?

— Eres cruel, Murgabia.

— Aunque con él fue muy fácil. No tuve que hacer nada. El padrecito siempre te deseó.

Murgabia se divertía contemplando la ira que producía en Agnes tal revelación.

— ¡Maldita seas, bruja! ¡Fuiste tú la que provocaste que yo pecara ante Dios!

— Maldíceme todo lo que quieras, Agnes. Todavía recuerdo aquella noche antes de que acabaras con su vida, cómo ambos vivían el amor impuro y prohibido dentro de la cabaña de doña Cheba, tu madre —decía Murgabia con la ironía que la caracterizaba.

— ¡Cállate! Sabes que no era yo sino aquel demonio

que con tus conjuros se apropió de mi cuerpo. Además, no recuerdo nada de lo que ocurrió.

— Qué triste querida, porque fue tan romántico. Lástima que tu madre estaba fuera de sí cuando ocurrió el impúdico espectáculo. Yo lo vi todo a través de la ventana de la vieja cabaña. Los ojos del padre Paco brillaban de pasión mientras tu cuerpo…

— ¡No sigas, Murgabia, calla por favor! —Agnes interrumpió.

— ¿Ves qué tan imperfecto es el mundo del Dios que tanto alabaste, Agnes? Ni en los siervos de Él puedes confiar.

— En cuanto a tu madre… Ella siempre será mi gran aliada y lo sabes.

— No sigas, Murgabia, ¡calla!

— Esa fue la razón que te llevó a huir de ella para vivir en la iglesia con el padre Paco. Te diste cuenta de que era bruja al igual que yo. ¿Ya lo olvidaste? Pero puedes estar tranquila, Agnes, tu madre será inmortal al igual que todos los que han servido para el señor de las tinieblas. Ella vivirá eternamente bajo la niebla de este pueblo. ¿Ves que el mal tiene sus recompensas?

El desfigurado cuerpo de Agnes se arrodillaba frente a la cruel imagen de Murgabia, quien sonreía al ver ante sus pies a la arrepentida y pecadora mujer.

— Pero de algo sí estoy muy agradecida de ese cura. Gracias a él pude acabar con Germán Salas, el último hombre que llevaba la sangre de Changüira Verceo. El padre Paco robó su cruz de plata por órdenes mías. El muy idiota creyó que si destruía ese amuleto, yo mantendría el amor entre ustedes a través de mi magia. El pobre, además de libidinoso, ¡era estúpido! ¿Ahora entiendes por qué el padre Paco poseía ese crucifijo cuando lo mataste?

— ¡Despreciable hechicera, algún día pagarás toda tu maldad!

— Ya, por favor, de nada valen tus palabras ahora, es muy tarde para eso —decía Murgabia mientras se desplazaba de un lado a otro—. Ahora Agnes, dime, ¿dónde está la cruz de Verceo que le robaste al padre el día de su muerte? —exigió Murgabia—. ¿Dónde la has escondido todos estos años, mujerzuela?

— No te lo diré, Murgabia. Recuerda que no soy parte de tus serviles. Estoy penando, pero aún no he sido condenada a vivir en el reino de tu amo —contestó Agnes con cierta altivez, levantándose del suelo.

—¿Eso es lo que crees? Nunca subestimes el poder de mi magia. Recuerda, ¡Soy Murgabia! —gritaba mientras agitaba sus manos haciendo aparecer mágicamente su lanza de fuego.

De repente, una intensa luz incandescente cegaba los ojos de las tres mujeres. Aquel destello etéreo fue tomando la forma de una imagen divina. La de un ángel.

— ¡No, tú debes estar muerta! —exclamó aterrorizada Clementina, mientras salía detrás del árbol donde se había ocultado, con un nudo atenazándole la garganta al ver la extraña aparición.

La figura de Ñeca estaba bordeada de un hermoso halo de luz radiante, dejando ver a través de ella la blanca palidez del rostro de la pequeña.

— ¡De nada vale que aparezcas ahora, niña! ¡Nadie podrá salvar a tu familia del gran poder de mi rey Satán! —amenazó Murgabia mientras levantaba su lanza de fuego invocando las más poderosas y ocultas ánimas diabólicas.

Un gran trueno cayó del cielo sobre Murgabia,

haciéndola desplomarse. Todo se iluminó con un extraño resplandor divino. La fuerza lumínica presionaba el rostro de la hechicera contra las rocas, manteniéndola inmóvil y haciéndola desprenderse de su infernal arma.

Era la imagen del Arcángel Badael, sosteniendo su flameante espada, mientras sus pies estaban sobre la cabeza de la maléfica Murgabia.

— El gran mensajero alado Badael. ¿Vas a aplastar mi cabeza como lo hizo una vez uno de tus aliados contra mi rey? —la hechicera reclamaba en tono burlesco mientras las piedrecillas del suelo se introducían en sus mejillas—. ¿Así es como se hacen proclamar "ángeles de Dios", faltando a lo que ustedes llaman el mandamiento más puro: "No matarás"?

— Dios volverá a llenar de fe y esperanza a este pueblo. Mientras que tú regresarás al reino infernal y quedarás desterrada de este mundo para siempre —el Arcángel sentenció con gravedad.

— ¡Jamás! Recuerda que mi poder prevalecerá sobre...

Murgabia no terminaba de proferir su última

palabra cuando la espada del Arcángel Badael cortaba su cabeza. Una pestilente baba negra que brotaba de su cercenado cuerpo iba quemando toda la maleza que tocaba a su paso. Solo el poder celestial del Arcángel podía terminar con la perversidad de la despreciable Murgabia, logrando así lo que una vez, cientos de años atrás, no había podido conquistar el enviado del cielo… el verdadero triunfo del bien sobre el mal.

La espesa neblina desaparecía lentamente a través del bosque Changüira, llevándose consigo la sombra maligna de la hechicera Murgabia.

— ¿Eres Badael? ¿El arcángel de la gran batalla del que todos han hablado en este pueblo? —preguntó Agnes arrodillándose ante la presencia del emisario celestial.

— Sí, Agnes, he regresado a devolver la esperanza y la paz a El Guayacal.

— ¿Por qué apareces ahora y no antes? ¿Por qué Dios dejó que El Guayacal se hundiera en un mundo de pecado y sufrimiento? ¿Por qué, Arcángel, por qué?

— Dios no abandonó a este pueblo, ustedes lo

olvidaron a Él. La libertad de escoger entre el bien y el mal estaba en cada uno de los que viven aquí. Dejaron de creer en su poder divino, en su misericordia, como lo hizo una vez Carmela Santos, Hipólita, el padre Paco Morelos y tantos otros. Incluso tu hermana Clementina, quien se dejó llevar por el odio y la venganza. Tenían que pedirle a Él. Pero sus deseos y ambiciones estaban muy por encima de su fe. Solo nuestra presencia se da cuando vuestras súplicas vienen del corazón. Ñeca así lo imploró ante nuestro reino. Por eso volví a liberarlos del poder del mal.

— Y Murgabia, ¿cómo logró sobrevivir a la gran batalla?

— Después que acabé con todos los serviles del infierno, ella fue enviada por Satanás como venganza para terminar con la vida de Verceo. Cuando quise regresar para ayudarlo, allí estaba el valiente guerrero, muerto sobre sus soldados caídos. Ya Murgabia había desaparecido.

— Y ahora, ¿qué harás conmigo, Badael? ¿Qué es lo que Dios ha dispuesto para mí? —Agnes mostraba arrepentimiento en sus palabras.

Badael tomó sus manos, levantándola del suelo.

— No tienes por qué temer, tus pecados ya están perdonados. No tienes que pagar por lo que te obligó a hacer Murgabia —informó el Arcángel Badael mientras sujetaba las manos de Agnes—. Tú siempre mostraste dedicación a la Iglesia. Y lo más importante de todo, fue tu acto de amor al entrar en el cuerpo de aquella muñeca para cuidar a tu hija todos estos años.

En ese momento, Ñeca ponía suavemente su mano sobre el hombro de su madre.

— Siempre escuché tu voz a través de ella —dijo—. Sé que querías convencerme de no lanzarme al río, pero preferí morir para estar contigo antes de que Murgabia me salvara y me hiciera también esclava de su maldad. Ya escuchaste al Arcángel Badael, Dios te deja libre de culpa, madre. Eres digna de entrar al reino de los cielos.

El cuerpo de Agnes empezó a cubrirse de una blanca luminosidad, la misma que abrigaba la imagen de Ñeca, haciendo desaparecer su aspecto maligno y transformándose en la bella mujer que una vez fue.

— Ahora que la maldad de la hechicera ha desaparecido, Samuel y Sebastián esperan por ustedes en el cielo —dijo el Arcángel.

— Esta vez estaremos juntos como siempre me lo prometiste —pronunció Ñeca—. Vamos, madre, un mejor lugar nos espera.

Sus almas se elevaron lentamente dejando una hermosa estela brillante de luz, desvaneciéndose en el aire a través de los árboles del Changüira.

— ¡No se vayan, no me dejen aquí! ¡Agnes, Ñeca, no me abandonen, por favor! —suplicaba Clementina mientras las veía elevarse al cielo.

Extrañas voces empezaron a escucharse alrededor del bosque. Cual dardos ponzoñosos, Clementina sintió cómo los ojos que se escondían en los rincones oscuros del Changüira se clavaban en su espalda.

— ¡Muere, Clementina, muere!

La desesperación se apoderó de su aturdida y confusa mente. Desorientada, corrió hacia su cabaña encerrándose en ella. Su espalda apoyada sobre la puerta, trataba de bloquear la entrada de las sombras demoníacas que veía seguirle desde el encantado lugar.

— ¡No me llevarán con ustedes! ¡Lárguense de mi casa! ¡Murgabia me hizo inmortal!

Los fuertes golpes hacían agrietar los maderos de la puerta. Clementina corrió hacia el brasero y tomó un leño ardiente como escudo para enfrentar aquello que la perseguía.

Una gran fuerza desconocida e invisible tiró abajo la puerta. Su poder logró lanzar a Clementina al ardiente fogón. La enfurecida llamarada se levantó como garras amenazantes pretendiendo atraparla. De aquel infernal fogonazo, una gigantesca sombra que tomaba forma humana, se alzó en medio de las llamas, cuyo cuerpo no poseía cabeza.

— No, no puede ser, usted… ¡Padre Paco! —gritaba aterrada, mientras la aparición se acercaba—. ¡Doña Cheba fue la culpable! Murgabia le dio la orden de enterrar su cabeza en algún lugar del Changüira. ¡Créame por favor! No me haga daño, tenga piedad. Soy capaz de pasar el resto de mi vida escarbando cada recodo del bosque con mis propias manos si es posible y ayudar a encontrarla.

Sus ruegos fueron en vano. Clementina se retorcía sobre el suelo mientras los brazos de fuego del verdugo calcinaban su cuerpo lentamente en señal de venganza. Podía escucharse el crujir de su carne y sentirse el repugnante olor de la muerte. La cabaña era el infierno. A través de la espesa humareda, aparecían entes malignos, los centinelas del Changüira, coyotes hambrientos que se abalanzaban hacia ella haciéndola su carnada.

— ¡Me mentiste, Murgabia! ¡Agnes tenía razón!

Los gritos de dolor y angustia mientras era devorada por las bestias, se escucharon en cada rincón de El Guayacal, como si el destino le donara un segundo de aliento para clamar por el indulto divino o la compasión celestial. Pero su voz no fue escuchada.

En su agonía, antes de que sus ojos pudieran clausurar sus párpados para siempre, logró ver un oscuro espejismo de quien la convirtiera en su mayor servil, la imagen malévola de la hechicera Murgabia. El alma de Clementina fue enviada a las profundidades del fuego eterno. Por sus actos, se condenó a sí misma a vivir eternamente en el mundo de las tinieblas. Así selló su destino... así saldó su culpa.

A la salida del sol, el río Cabral había devuelto el cuerpo de Ñeca sin vida, el cual fue encontrado flotando sobre sus aguas. El joven Augusto Fonseca la cargaba en sus brazos mientras caminaba hacia el pueblo. Su rostro mostraba el dolor ante el triste hallazgo de la pequeña, al igual de quienes lo habían ayudado en su búsqueda.

Ñeca fue enterrada por los pueblerinos dentro del bosque Changüira, debajo del árbol de ciprés que por años fue su refugio. La luz de las velas que sostenían cada uno de los que la despedían en su última morada, iluminaban de esperanza el aciago lugar.

Pasaron varias primaveras y otoños en El Guayacal, donde el recuerdo de un pueblo maldito iba quedando atrás poco a poco. Aquellas marcadas cicatrices de un lugar donde imperó la envidia y el pecado, se desvanecían con el pasar de los años. La fe del pueblo regresó paulatinamente, al igual que el nacimiento de una nueva iglesia construida por los aldeanos. Muchos secretos pudieran estar ocultos aún, en las profundidades de las aguas del río Cabral o enterrados en algún escondrijo del bosque Changüira.

Al pasar los años, el color y la paz volvieron a El Guayacal. Sus grises y oscuras montañas, eran ahora verdes prados llenos de frondosos árboles, cuyos frutos adornaban el paisaje dándole vida al pueblo que una vez estuvo plagado de maldad y desesperanza.

Las aguas del Cabral, volvieron a su serenidad. Los dorados atardeceres habían retornado al pueblo.

7

EL RETORNO

El Guayacal, muchos años después.

Al otro lado de las montañas del tranquilo pueblo, Manuela Contreras y su pequeña nieta Esther, de seis años, bordeaban el río Cabral de regreso a casa.

— No te quedes atrás, Esther. Estamos tarde, pronto oscurecerá.

— ¡Abuela, mira, encontré una muñeca! ¿La puedo llevar?

— Pero está vieja y rota.

— No importa, quiero quedarme con ella.

La pequeña Esther vio una luz brillante que salía del interior de la astrosa muñeca.

— ¡Abuela, hay algo dentro de la muñeca!

— ¿Qué, mi amor?

— ¡Parece una cruz!

Manuela Contreras se acercó a su pequeña nieta y tomó en su manos lo que parecía ser una radiante cruz.

— Sí, lo es. Es una cruz, y de plata —Manuela vislumbró enseguida el valor del crucifijo.

— Quédate tú con la cruz y yo con la muñeca, ¿te parece abuelita?

— Está bien, mi amor, puedes traerla. ¿Le pondrás un nombre verdad?

— Sí, ya le tengo un bello nombre. Ella misma me lo dijo.

— ¿Ah sí? ¿Y cuál es?

— ¡Hipólita, abuelita, Hipólita, Hipólita, Hipólita, Hipólita!

— ¡Hipólita, Hipólita no puede regresar! —grité desesperado al escuchar el eco de la voz que me despertara del viaje a través de los ojos del gato.

Sin embargo, al mirar a mi alrededor… no había nadie. No se encontraba la anciana, ni tampoco su extraña mascota. Estaba completamente solo dentro de la cabaña. La vieja mecedora seguía con su vaivén, sin estar nadie sentado en ella. La lámpara de kerosene permanecía encendida.

Con mi mente aturdida por los horrendos relatos

de El Guayacal, aún no podía descifrar qué estaba ocurriendo. Caminé rápidamente hacia la puerta. Al abrirla sentí una corriente de aire frío que cubría mi cuerpo. Pude ver que ya era de noche. En ese instante recordé algo, ¡el baúl! Tomé la vieja lámpara y me acerqué lentamente hacia el misterioso cajón. Estaba cubierto de un pegajoso polvo. Crujía mientras lo abría.

Entonces no pude creer que era cierto lo que estaba ante mis ojos.

— ¡La cabeza del padre Paco! ¡La cabeza del padre Paco! –grité.

Salí corriendo de la cabaña. El silencio del bosque me aterraba. En ese momento pensé en cómo podía regresar a la casa de mi abuela Ágatha. Cruzar el bosque a esa hora no era una buena idea.

De pronto una voz susurraba en mis oídos. Era de una mujer, pero no distinguía de quién se trataba.

— Huye de la cabaña, huye de la cabaña Alan, huyeeeeee. ¡Murgabia viene por ti!

No lo pensé un segundo más y corrí sin detenerme. Podía escuchar que algo detrás de mí me perseguía.

— ¡Huyeeeeee Alan, huyeeeeee, Murgabia va tras de ti!

Seguía esa voz sofocándome. Cubría mis orejas con las manos para no escucharla, pero subía su intensidad. No sabía qué rumbo tomar. Era como estar en un laberinto sin salida. Todo giraba a mi alrededor. Estaba dentro de un torbellino de emociones combinadas: miedo, confusión, El Guayacal.

— ¡Ya sé quién es, señora. Ya sé su nombre anciana, usted es doña Chebaaaaaaaaa! –gritaba, desesperado y sonriendo tras haber descifrado ese gran secreto. ¡Descubrí su nombre, es doña Cheba!

En ese momento, todo quedó en silencio. Un manto negro empezó a cubrirme por completo. Me envolvió en una oscuridad eterna… el resto de mi tormentosa vida.

Y ahora, aquí estoy, completamente solo, fumando otro cigarrillo barato en este viejo cuarto en el lado más antiguo y abandonado de la isla Arreiras, donde las agitadas aguas del Pacífico nos separan del misterioso pueblo de El Guayacal… dentro del Sanatorio Municipal La Santísima.

Nadie creyó lo que había ocurrido en esa cabaña

dentro del bosque Changüira.

Anayka y Peter siempre negaron haberme acompañado al bosque aquella tarde. Incluso, ambos hicieron creer ante todos que fue una alucinación mía la historia de la anciana.

Muchas veces regresé al bosque Changüira tratando de convencerme de que todo fue un sueño por mi obsesión fantástica de conocer la terrorífica historia del pueblo. Pero sé que todo fue real. Allí siempre estuvo la cabaña de la anciana. Su interior se mantenía intacto, como si hubiera sido una fotografía, aunque pasaran los años... la mecedora en el mismo lugar. Nunca pude probar que la solitaria mujer vivió allí. Incluso la cabeza del padre Paco dentro del baúl... ya no estaba.

Toda mi familia me hizo a un lado. Sufrí los humillantes rechazos de quienes una vez decían amarme. Viví todos esos años en una virtual orfandad.

En una ocasión, mientras caminaba por el bosque Changüira, sentí que mi vida no tenía sentido en este mundo cruel y despiadado que me daba la espalda. Podía tener unos treinta años cuando mucho al momento de tomar la decisión de quedarme el resto de mi vida dentro de la abandonada cabaña.

Cosa de locos, ¿no creen?

Mi locura llegó a tal punto que me pasaba horas enteras en la mecedora, mirando a través del mugriento ventanal. Podía sentir los ojos de la anciana vigilándome día y noche, como si reclamara su inmundo palacio, ahora profanado.

Nadie me visitó durante años mientras estuve en la cabaña. Solo Anayka y Peter, días después de la muerte de mi madre, fueron a verme, acompañados por un grupo de hombres vestidos de blanco como ángeles, los que se encargaron de cubrirme con una camisa muy extraña cuyas mangas eran tan largas que podían rozar el suelo… como el manto de Murgabia.

Me ataron con ellas hasta dejarme completamente inmóvil, y luego me sacaron a la fuerza. Mientras era arrastrado por el suelo, podía observar las risas burlonas de Anayka y de Peter. Ambos se regocijaban de mi desgracia.

Con los años fui recobrando parte de mi cordura. Poco a poco veía todo mucho más claro. Entendí que aquellos ángeles blancos no eran más que enfermeros, y que el atuendo no era otra cosa que una camisa de fuerza para enfermos mentales, necesario para conducirme al sanatorio. Y aquellas carcajadas que creí ver en los rostros de mis primos, Peter y Anayka, eran realmente llantos de dolor por mi estado extremo de demencia.

Luego comprendí que su intención fue cuidar de mí todo este tiempo.

Muchos años he estado dentro de estas cuatro paredes, escuchando los gritos desesperantes de mis vecinos dementes y perturbados. Cada noche sigo viendo a lo lejos, a través de los cristales de mi ventana, el misterioso y oscuro pueblo de El Guayacal. La sombra de un gato se refleja sobre...

—Pero sigue leyendo Peter. La sombra de un gato que se refleja, ¿dónde?

—No sé, Bernardo, es todo lo que dejó en su diario. Lo extraño es que las tres últimas páginas fueron arrancadas por alguien. Todo parece indicar que Alan escribió mucho más en esas hojas.

—¿Qué tendrían esas últimas páginas y por qué las arrancarían?

—No lo imagino.

—La verdad, Peter, su mundo fue una locura que iba más allá de la fantasía. Lo cierto es que esa tal

Murgabia y aquella apestosa anciana lo convirtieron en un completo chiflado.

— Tienes razón, Bernardo, su obsesión por aquel pueblo lo llevó a crear todo un mundo de hechiceros y demonios que se convirtieron en los verdaderos culpables de su demencia.

— ¿Quieren tomar otro café, señores?

— No, gracias.

— Dime algo, Peter, ¿pudiste hablar con él mientras estuvo recluido en ese hospital psiquiátrico? ¿Te dijo algo?

— Nada. Las pocas veces que fui a verlo junto a Anayka jamás nos dijo una palabra y nunca nos veía a los ojos. Siempre mostró un extraño odio hacia nosotros. Pero al leer su diario comprendí sus razones. Y finalmente descubrió que el haberlo llevado a ese sanatorio fue lo mejor.

— ¿Y dónde encontraron su diario?

— Lo dejó en su cuarto, junto a estas cartas de Anayka y mías que nunca abrió. Fue lo único que nos entregó la administración del hospital.

— ¿No imaginas a dónde habrá ido?

—En realidad no. Alan solo dejó una nota pegada en este diario con mi nombre y el de Anayka. No hay duda de que deseaba que leyéramos sus fantásticos relatos en el pueblo donde vivió nuestra abuela Ágatha.

—¿Y por qué escaparía? ¿Alguien lo vio antes del día de su evasión?

—Sí. Mientras indagaba dentro del hospital sobre las causas de la fuga de mi primo, conocí a uno de los custodios. Perdió el habla después de encontrarse con Alan esa noche. Aunque no lo creas tuvo que darme su testimonio por escrito.

—¿Perdió el habla? ¿Por qué? ¿Qué ocurrió?

—Dijo haber visto a Alan caminando muy lentamente por los pasillos del sanatorio. Dice que abrazaba un extraño gato negro.

—¿Como el de la anciana?

—Exacto. El custodio lo detuvo, obligándolo a regresar a su cuarto. Alan siguió su marcha desatendiendo la orden. El hombre intentó sacar su arma de fuego advirtiéndole que, de no detenerse, le dispararía. En ese instante, ante sus ojos, Alan desapareció. Desde entonces no lo volvió a ver más.

— ¿Y por qué no lo siguió?

— No pudo, Bernardo. El custodio escribió que en ese momento una extraña niebla cubrió el lugar, y una mano le sujetó el brazo fuertemente.

— ¿Una mano? ¿De quién?

— No logró ver su rostro. La niebla era muy densa para definir de quién se trataba. Aquella mano que apretujaba su brazo estaba fría como el hielo.

— ¿Esa extraña aparición le dijo algo?

— Sí. Le preguntó con una voz irreconocible: ¿Te congela verdad? El custodio me escribió que no pudo responderle, porque su lengua se adormeció por completo.

— ¿Y solo le dijo eso?

— Además, agregó: "Así es el frío… de la muerte".

Agradecimientos:

Ariel Barría Alvarado

Rose Marie Tapia

Ancel **Díaz**

Roberto Torres

Randolpth Ascaris

Fernando "Peña" Morán

Alcides Moreno

Fabiola Sánchez Dorado

Oscar Faarup

y Super Q

Miguel Esteban González

Escritor panameño, locutor, publicista, presentador y productor de radio y televisión. Su elogiada trilogía, **El Guayacal**, forma parte de la Biblioteca Pública de New York, la Biblioteca del Congreso de los Estados Unidos en Washington y la Biblioteca del Instituto Ibero-Americano de Berlín.

Su obra **El Asilo Santo**, recibió el Premio Tristán Solarte por parte de la organización de Festival Panamá Negro como Mejor Novela Negra publicada en ese año. En el 2019 publicó **Un Grito a la Medianoche** y, al año siguiente, **Historias cortas para pesadillas interminables**. En 2022, publicó **Flores para Madelaine**.

Otras obras del escritor

www.ingramcontent.com/pod-product-compliance
Lightning Source LLC
Chambersburg PA
CBHW021211160726
47994CB00001B/436